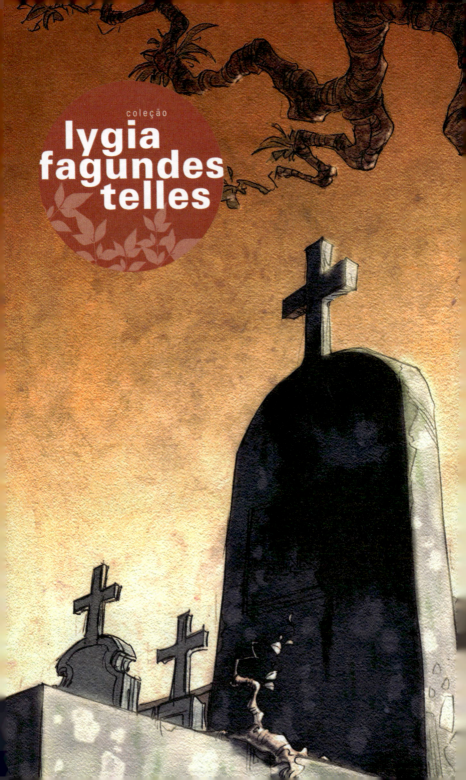

Venha ver o pôr do sol
e outros contos

Ilustrações

*Dave Santana e
Maurício Paraguassu*

O texto ficcional desta obra é o mesmo das versões anteriores, agora em edição revista e cotejada.

Venha ver o pôr do sol e outros contos
© Lygia Fagundes Telles, 1988

Diretor editorial adjunto	Fernando Paixão
Editora adjunta	Gabriela Dias
Editora assistente	Tatiana Corrêa Pimenta
Redação	Barbara Heller e Márcia Lígia Guidin
Coordenação editorial	Miró Editorial
Revisão	Márcia Lígia Guidin, Renata Del Nero e Luciene Lima
Coordenadora de revisão	Ivany Picasso Batista
Pesquisa iconográfica	Silvio Kligin e Barbara Heller

Edição de arte	Cíntia Maria da Silva
Capa e projeto gráfico (adaptação)	2 Studio Gráfico
Editoração eletrônica	Claudia Furnari

CIP-BRASIL. CATALOGAÇÃO NA FONTE
SINDICATO NACIONAL DOS EDITORES DE LIVROS, RJ.

T275v
20.ed.
Telles, Lygia Fagundes
  Venha ver o pôr do sol e outros contos / Lygia Fagundes Telles ; ilustrações Dave Santana e Maurício Paraguassu. – 20.ed. – São Paulo : Ática, 2007.

  il. – (Coleção Lygia Fagundes Telles)

  Inclui apêndice e bibliografia
  ISBN 978-85-08-10801-5

  1. Comportamento humano – Ficção. 2. Conto brasileiro. I. Título. II. Série.

06-3868.   CDD 869.93
                                              CDU 821.134.3(81)-3

ISBN 978-85-08-10801-5 (aluno)
ISBN 978-85-08-10802-2 (professor)
Código da obra CL 735682
CAE: 211212
OP:248476
2024
20ª edição
10ª impressão
Impressão e acabamento: Bartira

Todos os direitos reservados pela Editora Ática · 1995
Avenida das Nações Unidas, 7221 – CEP 05425-902 – São Paulo, SP
Atendimento ao cliente: 4003-3061 - atendimento@atica.com.br
www.atica.com.br

IMPORTANTE: Ao comprar um livro, você remunera e reconhece o trabalho do autor e o de muitos outros profissionais envolvidos na produção editorial e na comercialização das obras: editores, revisores, diagramadores, ilustradores, gráficos, divulgadores, distribuidores, livreiros, entre outros. Ajude-nos a combater a cópia ilegal! Ela gera desemprego, prejudica a difusão da cultura e encarece os livros que você compra.

EDITORA AFILIADA

Uma escritora genial

"Por que ler estes contos de Lygia Fagundes Telles?", perguntará você, talvez. Porque ela é uma "imortal", a terceira mulher a ingressar na Academia Brasileira de Letras? Ou porque, dizem, é a maior escritora brasileira dos últimos tempos?

Qualquer uma dessas razões já seria um convite à leitura, mas não a mais saborosa. O principal motivo para ler os contos desta antologia é poder embarcar numa experiência única, na companhia de uma escritora que tem o raro talento de expressar, de forma precisa e intrigante, os mistérios da alma humana. E são esses mistérios que levam seus personagens a viver ou agir de modo muitas vezes surpreendente.

Alguns dos contos de Lygia Fagundes Telles parecem conter um clima nebuloso, que nos projeta para além da realidade cotidiana. Abordam situações que chamamos de fantásticas – porque são improváveis, assustadoras. E nesta antologia você encontrará várias delas...

Em "O noivo", Miguel, apesar de todos os sinais evidentes (o fraque, telegramas, a mala pronta), não consegue lembrar-se de que aquele é o dia de seu próprio casamento. Pior, não sabe nem quem é a noiva. Em "As formigas", a narradora confunde o leitor: o que é mais intrigante, o esqueleto de um anão com todos os ossinhos, como um quebra-cabeça, ou as formigas que rondam o quarto da pensão? Em "O jardim selvagem", mistério e suspense também rondam o casamento do tio Ed com sua estranha mulher, que jamais deixa de usar luva em uma das mãos.

Com a feliz capacidade de instalar seus personagens já no meio da ação, Lygia Fagundes Telles inquieta e surpreende a nós, leitores, do início ao fim de suas histórias recheadas de toques sutis de humor, mesmo nos momentos de maior tensão psicológica. Seus personagens poderiam viver uma vida comum, mas não: vivem situações inusitadas, que (esta é a questão!) também poderiam acontecer ao nosso redor.

Em "Venha ver o pôr do sol", conto que dá título a este livro, dois ex-namorados marcam um encontro num cemitério abandonado. Por que ele quer vê-la uma última vez? E ela, por que o trata com tanta aspereza? No premiado "Antes do baile verde", Tatisa se divide entre ir ao baile de carnaval e ficar com o pai, doente numa cama. E o que dizer dos laços afetivos entre o órfão Alonso e seu cão, em "Biruta"; do singelo encantamento do filho pela mãe em "O menino", ou do inesperado confronto entre solidão e fé em "Natal na barca"?

É por tudo isso que, depois de ler os oito contos especialmente selecionados para esta antologia, você conhecerá a força do vínculo que Lygia Fagundes Telles consegue criar com seus leitores. Suas técnicas de escrita, os temas originais, a ágil linguagem fazem da gente eternos admiradores dessa escritora paulistana, internacionalmente aclamada.

Os editores

Sumário

1. *O noivo* 9
2. *Natal na barca* 21
3. *Venha ver o pôr do sol* 29
4. *As formigas* 41
5. *O jardim selvagem* 51
6. *Biruta* 61
7. *Antes do baile verde* 71
8. *O menino* 83

Lygia Fagundes Telles com todas as letras
Biografia 96
Entrevista 98
Por dentro do estilo 100
Bibliografia 102

Venha ver o pôr do sol e outros contos

1 O *noivo*

As batidas na porta eram suaves. Mas insistentes. Ele abriu os olhos. Sentou-se na cama.

— Emília? Você, Emília?

A mulher demorou um pouco para responder.

— Eu queria saber se o senhor já acordou. É que está chegando a hora…

— Hora do quê?

— Hora do casamento!

Casamento? Que casamento?

— Que casamento, Emília?

Ela deu uma risadinha.

— O senhor já acordou mesmo? Acho que o senhor ainda está dormindo, é bom tomar um café. Vou trazer o café.

Ele recostou a cabeça no espaldar da cama. Hora do casamento. Mas que casamento? Hoje é quinta-feira, não? Quinta-feira, doze de novembro. Então? Quem é que se casa hoje? Não tenho nenhum casamento marcado para hoje. E logo cedo... Vagou o olhar pelo quarto. Estava ficando muito velha, coitada, aquilo era arteriosclerose, imagine, vir batendo na porta daquele jeito, "Hora do casamento!..." Bocejou. Os objetos do quarto flutuavam informes em meio da escuridão. Pensou em naufrágio num fundo de mar. Tão poético. Apertou os olhos e fixou-se no espelho oval que emergia das sombras como um peixe luminoso: Quinta-feira doze. "Que casamento é esse? Não sei de nada..."

— Emília! Casamento de quem? Que história é essa, Emília?!

Ela já não podia ouvi-lo. Atirando longe as cobertas, levantou-se. "Bobagem, não tenho casamento nenhum para hoje. Ainda bem, uma chateação..." Apanhou os cigarros na mesa. Antes, tocou com as pontas dos dedos tateantes no cinzeiro em formato de lua crescente, presente de Naná, a Naná do tempo ainda das cerâmicas. Até abotoaduras lhe fizera, umas abotoaduras enormes, nenhum punho de camisa aceitaria abotoaduras daquele tamanho. Agora estava toda voltada para a escultura, o que era inquietante. "Qualquer dia desses vai me mandar um busto de Voltaire. E um Voltaire não se pode pôr na mesinha de cabeceira", pensou enquanto deixava cair no cinzeiro o palito de fósforo.

"Aposto que o dia está azul", murmurou ao abrir a janela. Um raio de sol varou o quarto. "Azul, azul", repetiu sem nenhum entusiasmo. Poderia ir ao clube e depois almoçar com Naná se não fosse quinta-feira, dia em que ela devia fazer milhões de coisas. E os meninos estavam de férias. "Manda-se os pequenos para o zoológico e pronto", decidiu ele dirigindo-se ao espelho. Passaria rapidamente pelo escritório e em seguida se meteriam num cinema, "ai, hoje não quero fazer nada de importante, nada". Alisou os cabelos. Arregaçou os lábios para examinar os dentes.

Venha ver o pôr do sol e outros contos

"Os incisivos teriam que ser mais agudos", lembrou-se e riu. Que pesadelo! Chegara a sentir nos braços que se transformavam em asas, a penugem aveludada do morcego.

"Como pode o peixe vivo..." cantarolou olhando para o espelho. Foi então que viu: estendido na poltrona, estava um fraque. Um fraque mesmo? Um fraque, via perfeitamente através do espelho as calças bem vincadas, o colete apontando dentro do paletó, a gravata prateada pendendo até o chão.

"Um fraque", repetiu ele fixando o olhar assombrado na própria imagem. Mas que fraque era esse? E quem o deixara ali, quem? "Nunca tive nenhum fraque, não ia agora..." Soprou a fumaça do cigarro na direção do espelho. "Mas que bobagem é essa, meu Deus?! Quem deixou esse fraque comigo? Como se eu devesse vestir para alguma cerimônia. Para o casamento, a Emília não avisou? Hora do casamento, está na hora do casamento!"

Via-se embaçado no espelho como uma figura de sonho. Soprou mais fumaça. O fraque também se afastava num vapor azulado, breve reflexo de um espelho criador de imagens: uma face que podia ser de outra pessoa, um fraque que não era de ninguém. Baixou a cabeça. Emília tinha razão, ele estava mesmo precisando de um café. Um café que devia ser tomado rapidamente, "está na hora do casamento!" Deu alguns passos pelo quarto, rondava a poltrona mas sem se atrever a tocar na roupa que agora se destacava dentre os móveis e objetos, tão nítida. "Mas que é isto? Quem é que trouxe este fraque aqui? Uma brincadeira?" Não, não era brincadeira, Emília era séria demais para entrar em brincadeiras assim. E depois, onde é que estava a graça? Nem tinha cabimento. Um equívoco, então? Um simples equívoco? Aproximou-se da poltrona, estava agora mais curioso do que propriamente surpreendido. De quem seria? Passou a mão no paletó, cheirou-o: bem como tinha imaginado, um fraque novo. Intacto. Examinou o forro. Nele, apenas o nome do alfaiate, Cordis. Os bolsos vazios, claro.

"Cordis", murmurou inexpressivamente. Nunca ouvira falar nesse alfaiate. Apanhou a gravata, examinou a etiqueta, uma etiqueta elegante, mas que também não lhe dizia nada, *Pure Silk Made In Austria*. "Nunca estive na Áustria. E nunca vi antes esta gravata." Arqueou as sobrancelhas. Deixou cair a gravata. Um equívoco, é lógico, um amigo ia se casar e a roupa viera para ele, Emília recebeu o pacote e pensou que. Mas que amigo seria esse?

— Posso entrar?

Ele teve um estremecimento, a voz de Emília parecia vir de dentro do espelho.

— Emília, e o... o fraque?

— Que é que tem o fraque? Não está aí?

— Está. Mas a calça amarrotou um pouco...

— Posso alisar se o senhor quiser. Mas já são quase nove horas, o casamento não é às dez? O café está aqui, o senhor não quer uma xícara?

— Agora não, depois.

"Depois", repetiu baixando o olhar para a poltrona. Empalideceu. Via agora ao lado do armário uma maleta – a maleta que usava para viagens curtas – cuidadosamente preparada, como se daí a alguns instantes devesse embarcar. Ajoelhou-se diante da pilha de roupas. "Mas para onde? Não sei de nada, não sei de nada!..." Examinou os pijamas envoltos em celofane. Tocou de leve no calção de banho, nos shorts, nos sapatos de lona. Tudo novo, tudo pronto para uma curta temporada na praia, a lua de mel ia ser na praia. E quem ia se casar era ele.

Inclinando o corpo para trás, ainda de joelhos, sentou-se sobre os calcanhares, abriu as mãos e ficou olhando para as unhas.

"Perdi a memória. Perdi a memória." Fechou as mãos e bateu com os punhos fechados no chão. "Mas não, não é verdade, me lembro de tudo, como é que perdi a memória se me lembro de tudo?..."

Levantou-se de um salto e arrancou o paletó do pijama. Mas que brincadeira é esta? Que jogo é este? "Estou ótimo, nunca estive tão em forma, sei tudo, lembro tudo, meu nome é Miguel, advogado, quarenta anos, trabalho na Goldsmith e Pedro é meu chefe, são chatos mas ganho bem, minha mãe morreu há três anos e Naná é minha amante, ela fazia cerâmica mas agora faz estátuas, o filho menorzinho é o Dudu... Na primeira gaveta da cômoda, do lado direito, estão as abotoaduras que ela fez para mim, são verdes e enormes, dentro de uma caixa está o cebolão que meu pai me deixou e também o medalhão com o retrato da minha mãe, ela está de mantilha, foi num baile de carnaval fantasiada de espanhola. Costumava me chamar de Mimi, lembro minha infância, tudo, tudo, avenida Paulista num casarão do avô, um casarão cor-de-rosa com um pé de jasmim no quintal, posso ainda sentir o perfume..."

Correu até a cômoda, abriu a gaveta: "Não falei?...", murmurou ele apertando o medalhão entre os dedos. Sorriu cheio de gratidão para o retrato da mulher loura que lhe sorria sob a mantilha de renda. "Olha aí, não falei?..." Beijou o medalhão e apanhou as abotoaduras verdes. Já desinteressado, levou ao ouvido o cebolão de ouro, fez girar a rosca da corda. Levou-o de novo ao ouvido. Fechou a gaveta. "E então?" Esboçou um gesto na direção da poltrona. Lembrava-se de tudo, de tudo menos do casamento. Só essa faixa da memória continuava apagada, só nesse terreno a névoa se fechava indevassável, nomes, caras, tudo era escuridão. A começar pela noiva feita de nada, diluída no éter. As coisas se passavam como nas histórias encantadas, onde o príncipe

lygia fagundes telles

mandava vir a donzela de um reino distante sem tê-la visto nunca, o amor construído em torno de um anel de cabelo, de um lenço, de um retrato. "E eu nem isso tenho. Ou tenho?" Devia ter um retrato, ao menos um retrato! Vagou o olhar pelas paredes, pelos móveis. Nada. Revolveu as gavetas. Folheou avidamente o álbum com antigos retratos da família, caras amarelas e mortas, desconhecidas na maioria. Nas últimas páginas, ainda não coladas, alguns retratos mais recentes: flagrantes de um piquenique, de um passeio de barco, de uma festa de formatura... Num instantâneo tirado ao lado de um trem, no meio de um grupo de amigos, estava Dora. Passou o polegar na silhueta ensolarada. Amor breve e brutal que começou na chácara, com encontros noturnos no celeiro, sob o voo negro dos morcegos. Mas Dora já estava casada. "E eu nunca me casaria com ela", pensou ao voltar a folha do álbum. "Mas vou me casar agora com uma que nem sei quem é."

Foi buscar o cigarro. "Emília sabe, pergunto a ela!" Mas perguntar, como? "Emília, qual é o nome da minha noiva?" Ridículo. Ridículo. Seria denunciar sua loucura. Vacilou. Mas o que seria agora revelar loucura: recusar a realidade ou pactuar com ela?

Abriu de novo o álbum, apanhou ao acaso um retrato de Naná. Não, não, Naná era desquitada. "E este casamento vai ser na igreja, a noiva é solteira. Ou viúva. E com personalidade, eu jamais vestiria esse fraque se não fosse obrigado. Palhaçada de casamento com fraque. Ela deve ter exigido todo o ritual, não abriu mão de nada, igreja, viagem de núpcias... E eu? Que papel estou fazendo nisso tudo?!" Ficou olhando para a carinha lavada de Rosana. Viúva. Mas por que Rosana? Não, não, impossível, por que teria que ser ela? Tirou ao acaso um postal de dentro de um envelope: entre duas desconhecidas estava Jô com seus cabelos compridos e lisos, suas pernas compridas, um pouco finas, talvez. A Jô. E se fosse a Jô? Um caso que se arrastara quatro anos. No último encontro – lembrava-se tão bem – comeram sanduíche de queijo, beberam vinho tinto e se deitaram lado a lado, ouvindo Mozart. Acho Mozart um chato, disse ela levantando-se e desligando o som. Ele chegou a esboçar um gesto para retê-la mas pensou: para quê? Viu-a vestir-se sabendo muito bem que ela não voltaria. Mas estava com sono. E fazia calor. Deixou-a partir. E se ela tivesse voltado? Guardou o retrato no envelope, não, não podia ser Jô, alguém lhe dissera há tempos que ela andava viajando com um vago diplomata. Fechou o álbum. E Cecília casada pela terceira vez. E Amanda, a suave Amanda das antigas noitadas, dera de beber. E Regina já era mãe de cinco filhos. E Virgínia estava morta.

– O senhor quer agora o café? – perguntou Emília.

Ele recebeu a bandeja. Encarou-a. Era evidente que ela não podia gostar da ideia de vê-lo casado, nenhuma empregada quer ter de repente uma patroa. Mas além desse ressentimento não haveria naquele sorriso qualquer coisa de maligno? Achou-a de um certo modo esquiva. Ambígua.

– Sabe as horas, Emília?

– Vinte para as dez. O senhor está atrasado.

– Posso me vestir num instante, você sabe.

– Sei, mas hoje é diferente...

Ele demorou o olhar no café fumegante. Negro, negro. Aspirou-lhe o cheiro. "E se eu der um chute nesse fraque, não caso coisa nenhuma, não me lembro de nada, esse casamento é uma farsa!" Poderiam interná-lo como louco, "Enlouqueceu na manhã do casamento", diria o jornal. "É que não sei também até que ponto me comprometi. Até que ponto."

Bebeu o café. Encarou-a de novo.

– Então, Emília? Tudo em ordem?

Ela sorriu.

– O senhor é que sabe – disse enfiando as mãos no bolso do avental. – Ih, já estava me esquecendo, olha aí, chegaram mais estes telegramas.

Ele examinou o primeiro. O segundo. Nenhuma pista. O nome dela não estava mencionado nos votos ingênuos, convencionais. Telegramas de colegas de escritório. De parentes. Ao noivo. Ao noivo.

"Até que ponto me comprometi?", repetiu a si mesmo sacudindo a cabeça que já começava a doer. Dirigiu-se ao banheiro. E só quando se cortou pela segunda vez no queixo é que reparou que se barbeava sem ter ensaboado a cara. Lavou o corte que sangrava sem parar. E se disser *não*! Seria fácil, "chega, não caso coisa nenhuma, não pedi ninguém em casamento, não quero, não quero!" Mas teria que saber antes até que ponto tinha ido. Um jogo difícil, sem regras, sem parceiros. Quando deu acordo de si, já estava na hora da cerimônia. A solução era prosseguir jogando.

– Miguel! Miguel!

Era a voz de Frederico. Inclinando-se até o jorro de água, Miguel molhou mais uma vez o rosto. Os pulsos.

– Mas, Miguel... você ainda está assim? Faltam só dez minutos, homem de Deus! Como é que você atrasou desse jeito? Descalço, de pijama!...

Miguel baixou o olhar. Frederico era seu amigo mais querido. Contudo, viera buscá-lo para *aquilo*.

Fico pronto num instante, já fiz a barba.

– E que barba, olha aí, cortou-se todo. Já tomou banho?

– Não.

Venha ver o pôr do sol e outros contos

— Ainda não?! Santo Deus. Bom, paciência, toma na volta que agora não vai dar mesmo tempo — exclamou Frederico empurrando-o para o quarto. — Acho que será o primeiro noivo a se casar sem tomar banho. Uma nota original, não há dúvida.

— Nesse casamento tem outras notas mais originais ainda — murmurou Miguel. E quis rir mas os lábios se fecharam numa crispação exasperada.

— Você está pálido, Miguel, que palidez é essa? Nervoso?

— Não.

— Acho que a noiva está mais calma.

— Você tem aí o convite?

— Que convite?

— Do casamento.

— Claro que não tenho convite nenhum, que é que você quer fazer com o convite?

— Queria ver uma coisa...

— Que coisa? Não tem que ver nada, Miguel, estamos atrasadíssimos, eu sei onde é a igreja, sei a hora, que mais você quer? Nunca vi um noivo assim — resmungou Frederico atirando o cigarro pela janela. — E esse laço medonho, deixa que eu faço o laço.

Miguel entregou-lhe a gravata. Pensou em Vera. Vera! E se fosse a Vera? Verinha, a irmã caçula de Frederico, a mais bonita, a mais graciosa. Seria ela? Apalpou os bolsos do colete. Mas o nome devia estar na aliança, pois claro, na aliança.

— E as alianças?

— Estão com sua tia, esqueceu? Mas mova-se, homem, vamos embora.

Quando passou por Emília, ela enxugava os olhos na barra do avental. Tocou-lhe no braço.

— Você não vem, Emília?

— Não gosto de ver.

"Nem eu", quis dizer-lhe. E num relance descobriu algumas caixas de presentes em cima da mesa. Os presentes, como não pensara nisso? O nome dela devia estar nos cartões dos presentes! Mas Frederico já o impelia para a rua, "Depressa, não fique assim parado!" Quando entrou no carro, procurou relaxar a crispação dos músculos. Afundou na almofada, fechou os olhos. O fraque era largo demais, o colarinho apertava e a cabeça já doía sem disfarce. Mas agora estava tranquilo, inexplicavelmente tranquilo. Deixava-se conduzir. Para onde? Não importava. Frederico sabia. E era Frederico quem estava na direção.

— A igreja é longe?

— Estamos diante dela — disse Frederico arrefecendo a marcha do carro. — Limpe esse corte que está sangrando, fique com meu lenço.

"Perto, não?", pensou Miguel num sobressalto. E quanta gente, meu Deus, quanta gente. Ela devia ser muito relacionada para atrair tanta gente assim. Fechou o vidro da janela. Queria ser aquele menininho ali adiante que vendia agulhas, queria ser aquele gatinho preto que se sentara no último degrau da escadaria e lambia a pata, os olhos apertados por causa do sol, queria ser a sombra do gatinho, só a sombra. Guardou no bolso o lenço com a nódoa de sangue.

— O noivo, o noivo! — exclamaram os curiosos espiando para dentro do carro.

Num andar de autômato, Miguel foi caminhando em meio dos convidados que se agitaram, farfalhantes. O suor descia-lhe pelas têmporas. Sentiu os lábios secos, a boca seca. Enxugou a testa sentindo no braço, delicada mas enérgica, a pressão dos dedos de Frederico impelindo-o para o altar. O perfume das flores era morno como nos velórios. E a nódoa no lenço. Sentia-se enfraquecido como se todo o seu sangue e não apenas algumas gotas tivesse se esvaído naquele corte. Apalpou-o.

— Esse cheiro, Frederico. E essas velas.

— Que cheiro? Toda igreja... então não sabe? Ainda sangra? Esse talho, pega o lenço.

Não respondeu. Viu tia Sônia num dramático chapéu preto e vermelho. Viu as gêmeas cochichando e rindo. Viu mais além – e o coração pesou-lhe – Naná ao lado dos dois meninos, viu-a rapidamente mas pôde sentir o quanto estava triste, "mas o que é isto, eu não sabia de nada, Miguel?! Por que você não me contou?" Viu Pedro conversando com alguns colegas de escritório, todos com aquele sorriso malicioso, detestável. Viu Amanda – estaria bêbada? – meio vacilante sob o chapelão de palha. E viu Vera.

Num desfalecimento, Miguel quis se apoiar em alguma coisa ao seu alcance. Mas não havia nada ao alcance para se apoiar. A cabeça latejou com mais violência, Vera. Vera entre os convidados, a Verinha toda vestida de preto, não podia haver um vestido mais preto, "não é você, Vera!?..."

— Ela acabou de chegar – avisou tia Sônia aproximando-se, afobada. – Está tão linda!

Escancarou-se a porta: no alto da escadaria a noiva foi surgindo lentamente, como se tivesse estado submersa abaixo do nível do tapete vermelho. E agora viesse à tona sem nenhuma pressa, primeiro, a cabeça, depois, os ombros, os braços... Tinha o rosto coberto por um denso véu que flutuava na correnteza do vento como a vela desfraldada de um barco. Laura?

Ela foi se aproximando, obediente ao compasso grave da marcha. Miguel apertou os olhos míopes. Como era espesso o véu! Quem estaria por detrás, quem? Só vestido, só rendas e flores, umas flores tão úmidas, tão brilhantes. O vento soprando a nebulosa que deslizava pelo tapete, indevassável e diáfana. Leve. Subia agora os degraus do altar. Miguel adiantou-se. Deu-lhe o braço adivinhando-a sorrir lá no fundo dos véus. Não seria Margarida?

Por um momento ele fixou o olhar na mão enluvada que se apoiou no seu braço. Era leve como se a luva estivesse vazia, nada lá dentro, ninguém sob os véus, só névoa. Névoa. A sedução do mistério envolveu-o como num sortilégio, agora estava excitado demais para recuar. Entregou-se. No peito, o agudo grito da cantiga de roda da infância com a menina ajoelhada tapando o rosto com o lenço, "Senhora Dona Sancha, coberta de ouro e prata..." Ele avançou para a roda, entrou no meio onde a menina se escondia e descobriu-a, "queremos ver sua cara!"

O silêncio. Era como se estivesse ali à espera não há alguns minutos mas alguns anos. Muitos anos. A duração de uma vida. Quando ela apanhou as pontas do véu que lhe descia até os ombros, ele teve o sentimento de que estava chegando ao fim. A cantiga voltou mais próxima, "Senhora Dona Sancha!..." Quem, quem? O véu foi subindo devagar, tão devagar, difícil o gesto. E tão fácil. Atirou-o para trás num movimento suave mas firme.

Miguel encarou-a. "Que estranho. Lembrei-me de tantas! Mas justamente *nela* eu não tinha pensado..."

Inclinou-se para beijá-la.

2 *Natal na barca*

    Não quero nem devo lembrar aqui por que me encontrava naquela barca. Só sei que em redor tudo era silêncio e treva. E me sentia bem naquela solidão. Na embarcação desconfortável, tosca, apenas quatro passageiros. Uma lanterna nos iluminava com sua luz vacilante: um velho, uma mulher com uma criança e eu.

    O velho, um bêbado esfarrapado, deitara-se de comprido no banco, dirigira palavras amenas a um vizinho invisível e agora dormia. A mulher estava sentada entre nós, apertando nos braços a criança enrolada em panos. Era uma mulher jovem e pálida. O longo manto escuro que lhe cobria a cabeça dava-lhe o aspecto de uma figura antiga.

    Pensei em falar-lhe assim que entrei na barca. Mas já devíamos estar quase no fim da viagem e até aquele instante não me ocorrera dizer-lhe qualquer palavra. Nem combinava mesmo com a barca tão despojada, tão sem artifícios, a ociosidade de um diálogo.

Estávamos sós. E o melhor ainda era não fazer nada, não dizer nada, apenas olhar o sulco negro que a embarcação ia fazendo no rio.

Debrucei-me na grade de madeira carcomida. Acendi um cigarro. Ali estávamos os quatro, silenciosos como mortos num antigo barco de mortos deslizando na escuridão. Contudo, estávamos vivos. E era Natal.

A caixa de fósforos escapou-me das mãos e quase resvalou para o rio. Agachei-me para apanhá-la. Sentindo então alguns respingos no rosto, inclinei-me mais até mergulhar as pontas dos dedos na água.

— Tão gelada — estranhei, enxugando a mão.

— Mas de manhã é quente.

Voltei-me para a mulher que embalava a criança e me observava com um meio sorriso. Sentei-me no banco ao seu lado. Tinha belos olhos claros, extraordinariamente brilhantes. Vi que suas roupas puídas tinham muito caráter, revestidas de uma certa dignidade.

— De manhã esse rio é quente — insistiu ela, me encarando.

— Quente?

— Quente e verde, tão verde que a primeira vez que lavei nele uma peça de roupa, pensei que a roupa fosse sair esverdeada. É a primeira vez que vem por estas bandas?

Desviei o olhar para o chão de largas tábuas gastas. E respondi com uma outra pergunta:

— Mas a senhora mora aqui por perto?

— Em Lucena. Já tomei esta barca não sei quantas vezes, mas não esperava que justamente hoje...

A criança agitou-se, choramingando. A mulher apertou-a mais contra o peito. Cobriu-lhe a cabeça com o xale e pôs-se a niná-la com um brando movimento de cadeira de balanço. Suas mãos destacavam-se exaltadas sobre o xale preto, mas o rosto era tranquilo.

— Seu filho?

— É. Está doente, vou ao especialista, o farmacêutico de Lucena achou que eu devia consultar um médico hoje mesmo. Ainda ontem ele estava bem, mas de repente piorou. Uma febre, só febre... — Levantou a cabeça com energia. O queixo agudo era altivo, mas o olhar tinha a expressão doce. — Só sei que Deus não vai me abandonar.

— É o caçula?

— É o único. O meu primeiro morreu o ano passado. Subiu no muro, estava brincando de mágico quando de repente avisou, vou voar! A queda não foi grande, o muro não era alto, mas caiu de tal jeito... Tinha pouco mais de quatro anos.

Atirei o cigarro na direção do rio, mas o toco bateu na grade e voltou rolando aceso pelo chão. Alcancei-o com a ponta do sapato e fiquei a esfregá-lo devagar. Era preciso desviar o assunto para aquele filho que estava ali, doente, embora. Mas vivo.

— E esse? Que idade tem?

— Vai completar um ano. — E noutro tom, inclinando a cabeça para o ombro: — Era um menino tão bonzinho, tão alegre. Tinha verdadeira mania com mágicas. Claro que não saía nada, mas era muito engraçado... Só a última mágica que fez foi perfeita, vou voar!, disse abrindo os braços. E voou.

Levantei-me. Eu queria ficar só naquela noite, sem lembranças, sem piedade. Mas os laços — os tais laços humanos — já ameaçavam me envolver. Conseguira evitá-los até aquele instante. Mas agora não tinha forças para rompê-los.

— Seu marido está à sua espera?

— Meu marido me abandonou.

Sentei-me novamente e tive vontade de rir. Era incrível. Fora uma loucura fazer a primeira pergunta, mas agora não podia mais parar.

— Há muito tempo?

— Faz uns seis meses. Imagine que nós vivíamos tão bem, mas tão bem! Quando ele encontrou por acaso com essa antiga namorada, falou comigo sobre ela, fez até uma brincadeira, a Duca enfeiou, de nós dois fui eu que acabei ficando mais bonito... E não falou mais no assunto. Uma manhã ele se levantou como todas as manhãs, tomou café, leu o jornal, brincou com o menino e foi trabalhar. Antes de sair ainda me acenou, eu estava na cozinha lavando a louça e ele me acenou através da tela de arame da porta, me lembro até que eu quis abrir a porta, não gosto de ver ninguém falar comigo com aquela tela de arame no meio... Mas eu estava com a mão molhada. Recebi a carta de tardinha, ele mandou uma carta. Fui morar com minha mãe numa casa que alugamos perto da minha escolinha. Sou professora.

Fixei-me nas nuvens tumultuadas que corriam na mesma direção do rio. Incrível. Ia contando as sucessivas desgraças com tamanha calma, num tom de quem relata fatos sem ter participado deles realmente. Como se não bastasse a pobreza que espiava pelos remendos da sua roupa, perdera o filhinho, o marido e ainda via pairar uma sombra sobre o segundo filho que ninava nos braços. E ali estava sem a menor revolta, confiante. Intocável. Apatia? Não, não podiam ser de uma apática aqueles olhos vivíssimos e aquelas mãos enérgicas. Inconsciência? Uma obscura irritação me fez sorrir.

— A senhora é conformada.

— Tenho fé, dona. Deus nunca me abandonou.

— Deus — repeti vagamente.

— A senhora não acredita em Deus?

— Acredito — murmurei. E ao ouvir o som débil da minha afirmativa, sem saber por que, perturbei-me. Agora entendia.

Aí estava o segredo daquela confiança, daquela calma. Era a tal fé que removia montanhas...

Ela mudou a posição da criança, passando-a do ombro direito para o esquerdo. E começou com voz quente de paixão:

— Foi logo depois da morte do meu menino. Acordei uma noite tão desesperada que saí pela rua afora, enfiei um casaco e saí descalça e chorando feito louca, chamando por ele... Sentei num banco do jardim onde toda tarde ele ia brincar. E fiquei pedindo, pedindo com tamanha força que ele, que gostava tanto de mágica, fizesse essa mágica de me aparecer só mais uma vez, não precisava ficar, só se mostrasse um instante, ao menos mais uma vez, só mais uma! Quando fiquei sem lágrimas, encostei a cabeça no banco e não sei como dormi. Então sonhei e no sonho Deus me apareceu, quer dizer, senti que ele pegava na minha mão com sua mão de luz. E vi o meu menino brincando com o Menino Jesus no Jardim do Paraíso. Assim que ele me viu, parou de brincar e veio rindo ao meu encontro e me beijou tanto, tanto... Era tal sua alegria que acordei rindo também, com o sol batendo em mim.

Fiquei sem saber o que dizer. Esbocei um gesto em seguida, apenas para fazer alguma coisa, levantei a ponta do xale que cobria a cabeça da criança. Deixei cair o xale novamente e voltei o olhar para o chão. O menino estava morto. Entrelacei as mãos para dominar o tremor que me sacudiu. Estava morto. A mãe continuava a niná-lo, apertando-o contra o peito. Mas ele estava morto.

Debrucei-me na grade da barca e respirei penosamente: era como se estivesse mergulhada até o pescoço naquela água. Senti que a mulher se agitou atrás de mim.

— Estamos chegando — anunciou.

Apanhei depressa minha pasta. O importante agora era sair, fugir antes que ela descobrisse, era terrível demais, não queria ver.

Venha ver o pôr do sol e outros contos

Diminuindo a marcha, a barca fazia uma larga curva antes de atracar. O bilheteiro apareceu e pôs-se a sacudir o velho que dormia.

– Chegamos! Ei, chegamos!...

Aproximei-me evitando encará-la.

– Acho melhor nos despedirmos aqui – disse atropeladamente, estendendo a mão.

Ela pareceu não notar meu gesto. Levantou-se e fez um movimento como se fosse pegar a sacola. Ajudei-a, mas ao invés de apanhar a sacola que lhe estendi, antes mesmo que eu pudesse impedi-lo, afastou o xale que cobria a cabeça do filho.

– Acordou o dorminhoco! E olha aí, deve estar agora sem nenhuma febre.

– Acordou?!

Ela teve um sorriso.

– Veja...

Inclinei-me. A criança abrira os olhos – aqueles olhos que eu vira cerrados tão definitivamente. E bocejava, esfregando a mãozinha na face de novo corada. Fiquei olhando sem conseguir falar.

– Então, bom Natal! – disse ela, enfiando a sacola no braço.

Encarei-a. Sob o manto preto, de pontas cruzadas e atiradas para trás, seu rosto resplandecia. Apertei-lhe a mão vigorosa. E acompanhei-a com o olhar até que ela desapareceu na noite.

Conduzido pelo bilheteiro, o velho passou por mim reiniciando seu afetuoso diálogo com o vizinho invisível. Saí por último da barca. Duas vezes voltei-me ainda para ver o rio. E pude imaginá-lo como seria de manhã cedo: verde e quente. Verde e quente.

3 *Venha ver o pôr do sol*

Ela subiu sem pressa a tortuosa ladeira. À medida que avançava, as casas iam rareando, modestas casas espalhadas sem simetria e ilhadas em terrenos baldios. No meio da rua sem calçamento, coberta aqui e ali por um mato rasteiro, algumas crianças brincavam de roda. A débil cantiga infantil era a única nota viva na quietude da tarde.

Ele a esperava encostado a uma árvore. Esguio e magro, metido num largo blusão azul-marinho, cabelos crescidos e desalinhados, tinha um jeito jovial de estudante.

— Minha querida Raquel.

Ela encarou-o, séria. E olhou para os próprios sapatos.

— Veja que lama. Só mesmo você inventaria um encontro num lugar destes. Que ideia, Ricardo, que ideia! Tive que descer do táxi lá longe, jamais ele chegaria aqui em cima.

Ele riu entre malicioso e ingênuo.

— Jamais? Pensei que viesse vestida esportivamente e agora me aparece nessa elegância! Quando você andava comigo, usava uns sapatões de sete léguas, lembra?

— Foi para me dizer isso que você me fez subir até aqui? — perguntou ela, guardando o lenço na bolsa. Tirou um cigarro. — Hem?!

— Ah, Raquel... — e ele tomou-a pelo braço. — Você está uma coisa de linda. E fuma agora uns cigarrinhos pilantras, azul e dourado. Juro que eu tinha que ver ainda uma vez toda essa beleza, sentir esse perfume. Então? Fiz mal?

— Podia ter escolhido um outro lugar, não? — Abrandara a voz. — E que é isso aí? Um cemitério?

Ele voltou-se para o velho muro arruinado. Indicou com o olhar o portão de ferro, carcomido pela ferrugem.

— Cemitério abandonado, meu anjo. Vivos e mortos, desertaram todos. Nem os fantasmas sobraram, olha aí como as criancinhas brincam sem medo — acrescentou apontando as crianças rodando na sua ciranda.

Ela tragou lentamente. Soprou a fumaça na cara do companheiro.

— Ricardo e suas ideias. E agora? Qual é o programa?

Brandamente ele a tomou pela cintura.

— Conheço bem tudo isso, minha gente está enterrada aí. Vamos entrar um instante e te mostrarei o pôr do sol mais lindo do mundo.

Ela encarou-o um instante. E vergou a cabeça para trás numa risada.

— Ver o pôr do sol? Ah, meu Deus... Fabuloso, fabuloso! Me implora um último encontro, me atormenta dias seguidos, me faz vir de longe para esta buraqueira, só mais uma vez, só mais uma! E para quê? Para ver o pôr do sol num cemitério.

Ele riu também, afetando encabulamento como um menino pilhado em falta.

Venha ver o pôr do sol e outros contos

— Raquel, minha querida, não faça assim comigo. Você sabe que eu gostaria era de te levar ao meu apartamento, mas fiquei mais pobre ainda, como se isso fosse possível. Moro agora numa pensão horrenda, a dona é uma Medusa que vive espiando pelo buraco da fechadura.

— E você acha que eu iria?

— Não se zangue, sei que não iria, você está sendo fidelíssima. Então pensei, se pudéssemos conversar um pouco numa rua afastada... – disse ele, aproximando-se mais. Acariciou-lhe o braço com as pontas dos dedos. Ficou sério. E aos poucos, inúmeras rugazinhas foram-se formando em redor dos seus olhos ligeiramente apertados. Os leques de rugas se aprofundaram numa expressão astuta. Não era nesse instante tão jovem como aparentava. Mas logo sorriu e a rede de rugas desapareceu sem deixar vestígio. Voltou-lhe novamente o ar inexperiente e meio desatento. – Você fez bem em vir.

— Quer dizer que o programa... E não podíamos tomar alguma coisa num bar?

— Estou sem dinheiro, meu anjo, vê se entende.

— Mas eu pago.

— Com o dinheiro dele? Prefiro beber formicida. Escolhi este passeio porque é de graça e muito decente, não pode haver um passeio mais decente, não concorda comigo? Até romântico.

Ela olhou em redor. Puxou o braço que ele apertava.

— Foi um risco enorme, Ricardo. Ele é ciumentíssimo. Está farto de saber que tive meus casos. Se nos pilha juntos, então sim, quero só ver se alguma das suas fabulosas ideias vai me consertar a vida.

— Mas me lembrei deste lugar justamente porque não quero que você se arrisque, meu anjo. Não tem lugar mais discreto do

lygia fagundes telles

que um cemitério abandonado, veja, completamente abandonado – prosseguiu ele, abrindo o portão. Os velhos gonzos gemeram. – Jamais seu amigo ou um amigo do seu amigo saberá que estivemos aqui.

– É um risco enorme, já disse. Não insista nessas brincadeiras, por favor. E se vem um enterro? Não suporto enterros.

– Mas enterro de quem? Raquel, Raquel, quantas vezes preciso repetir a mesma coisa? Há séculos ninguém mais é enterrado aqui, acho que nem os ossos sobraram, que bobagem. Vem comigo, pode me dar o braço, não tenha medo.

O mato rasteiro dominava tudo. E não satisfeito de ter-se alastrado furioso pelos canteiros, subira pelas sepulturas, infiltrara-se ávido pelos rachões dos mármores, invadira as alamedas de pedregulhos esverdinhados, como se quisesse com sua violenta força de vida cobrir para sempre os últimos vestígios da morte. Foram andando pela longa alameda banhada de sol. Os passos de ambos ressoavam sonoros como uma estranha música feita do som das folhas secas trituradas sobre os pedregulhos. Amuada mas obediente, ela se deixava conduzir como uma criança. Às vezes mostrava certa curiosidade por uma ou outra sepultura com os pálidos medalhões de retratos esmaltados.

– É imenso, hem? E tão miserável, nunca vi um cemitério mais miserável, que deprimente – exclamou ela, atirando a ponta do cigarro na direção de um anjinho de cabeça decepada. – Vamos embora, Ricardo, chega.

– Ah, Raquel, olha um pouco para esta tarde! Deprimente por quê? Não sei onde foi que eu li, a beleza não está nem na luz da manhã nem na sombra da noite, está no crepúsculo, nesse meio-tom, nessa ambiguidade. Estou-lhe dando um crepúsculo numa bandeja e você se queixa.

– Não gosto de cemitério, já disse. E ainda mais cemitério pobre. Delicadamente ele beijou-lhe a mão.

– Você prometeu dar um fim de tarde a este seu escravo.

– É, mas fiz mal. Pode ser muito engraçado, mas não quero me arriscar mais.

– Ele é tão rico assim?

– Riquíssimo. Vai me levar agora numa viagem fabulosa até o Oriente. Já ouviu falar no Oriente? Vamos até o Oriente, meu caro.

Ele apanhou um pedregulho e fechou-o na mão. A pequenina rede de rugas voltou a se estender em redor dos seus olhos. A fisionomia, tão aberta e lisa, repentinamente escureceu, envelhecida. Mas logo o sorriso reapareceu e as rugazinhas sumiram.

– Eu também te levei um dia para passear de barco, lembra?

Recostando a cabeça no ombro do homem, ela retardou o passo.

– Sabe, Ricardo, acho que você é mesmo meio tantã... Mas apesar de tudo, tenho às vezes saudade daquele tempo. Que ano aquele. Quando penso, não entendo como aguentei tanto, imagine, um ano!

– É que você tinha lido *A Dama das Camélias*, ficou assim toda frágil, toda sentimental. E agora? Que romance você está lendo agora?

– Nenhum – respondeu ela franzindo os lábios. Deteve-se para ler a inscrição de uma laje despedaçada: – *À minha querida esposa, eternas saudades* – leu em voz baixa. – Pois sim. Durou pouco essa eternidade.

Ele atirou o pedregulho num canteiro ressequido.

– Mas é esse abandono na morte que faz o encanto disto. Não se encontra mais a menor intervenção dos vivos, a estúpida intervenção dos vivos. Veja – disse apontando uma sepultura fendida, a erva daninha brotando insólita de dentro da fenda –

o musgo já cobriu o nome na pedra. Por cima do musgo, ainda virão as raízes, depois as folhas... Esta a morte perfeita, nem lembrança, nem saudade, nem o nome sequer. Nem isso.

Ela aconchegou-se mais a ele. Bocejou.

– Está bem, mas agora vamos embora que já me diverti muito, faz tempo que não me divirto tanto, só mesmo um cara como você podia me fazer divertir assim. – Deu-lhe um rápido beijo na face. – Chega, Ricardo, quero ir embora.

– Mais alguns passos...

– Mas este cemitério não acaba mais, já andamos quilômetros! – Olhou para trás. – Nunca andei tanto, Ricardo, vou ficar exausta.

– A boa vida te deixou preguiçosa? Que feio – lamentou ele, impelindo-a para a frente. – Dobrando esta alameda, fica o jazigo da minha gente, é de lá que se vê o pôr do sol. Sabe, Raquel, andei muitas vezes por aqui de mãos dadas com minha prima. Tínhamos então doze anos. Todos os domingos minha mãe vinha trazer flores e arrumar nossa capelinha onde já estava enterrado meu pai. Eu e minha priminha vínhamos com ela e ficávamos por aí, de mãos dadas, fazendo tantos planos. Agora as duas estão mortas.

– Sua prima também?

– Também. Morreu quando completou quinze anos. Não era propriamente bonita, mas tinha uns olhos... Eram assim verdes como os seus, parecidos com os seus. Extraordinário, Raquel, extraordinário como vocês duas... Penso agora que toda a beleza dela residia apenas nos olhos, assim meio oblíquos, como os seus.

– Vocês se amaram?

– Ela me amou. Foi a única criatura que... – Fez um gesto. – Enfim, não tem importância.

Raquel tirou-lhe o cigarro, tragou e depois devolveu-o.
— Eu gostei de você, Ricardo.
— E eu te amei. E te amo ainda. Percebe agora a diferença?
Um pássaro rompeu o cipreste e soltou um grito. Ela estremeceu.
— Esfriou, não? Vamos embora.
— Já chegamos, meu anjo. Aqui estão meus mortos.

Pararam diante de uma capelinha coberta de alto a baixo por uma trepadeira selvagem, que a envolvia num furioso abraço de cipós e folhas. A estreita porta rangeu quando ele a abriu de par em par. A luz invadiu um cubículo de paredes enegrecidas, cheias de estrias de antigas goteiras. No centro do cubículo, um altar meio desmantelado, coberto por uma toalha que adquirira a cor do tempo. Dois vasos de desbotada opalina ladeavam um tosco crucifixo de madeira. Entre os braços da cruz, uma aranha tecera dois triângulos de teias já rompidas, pendendo como farrapos de um manto que alguém colocara sobre os ombros do Cristo. Na parede lateral, à direita da porta, uma portinhola de ferro dando acesso para uma escada de pedra, descendo em caracol para a catacumba.

Ela entrou na ponta dos pés, evitando roçar mesmo de leve naqueles restos da capelinha.
— Que triste que é isto, Ricardo. Nunca mais você esteve aqui?
Ele tocou na face da imagem recoberta de poeira. Sorriu, melancólico.
— Sei que você gostaria de encontrar tudo limpinho, flores nos vasos, velas, sinais da minha dedicação, certo? Mas já disse que o que mais amo neste cemitério é precisamente este abandono, esta solidão. As pontes com o outro mundo foram cortadas e aqui a morte se isolou total. Absoluta.

lygia fagundes telles

Ela adiantou-se e espiou através das enferrujadas barras de ferro da portinhola. Na semiobscuridade do subsolo, os gavetões se estendiam ao longo das quatro paredes que formavam um estreito retângulo cinzento.

— E lá embaixo?

— Pois lá estão as gavetas. E nas gavetas, minhas raízes. Pó, meu anjo, pó — murmurou ele. Abriu a portinhola e desceu a escada. Aproximou-se de uma gaveta no centro da parede, segurando firme na alça de bronze, como se fosse puxá-la. — A cômoda de pedra. Não é grandiosa?

Detendo-se no topo da escada, ela inclinou-se mais para ver melhor.

— Todas essas gavetas estão cheias?

— Cheias?... Só as que têm o retrato e a inscrição, está vendo? Nesta está o retrato da minha mãe, aqui ficou minha mãe — prosseguiu ele tocando com as pontas dos dedos num medalhão esmaltado, embutido no centro da gaveta.

Ela cruzou os braços. Falou baixinho, um ligeiro tremor na voz.

— Vamos, Ricardo, vamos.

— Você está com medo.

— Claro que não, estou é com frio. Suba e vamos embora, estou com frio!

Ele não respondeu. Adiantara-se até um dos gavetões na parede oposta e acendeu um fósforo. Inclinou-se para o medalhão frouxamente iluminado.

— A priminha Maria Emília. Lembro-me até do dia em que tirou esse retrato, duas semanas antes de morrer... Prendeu os cabelos com uma fita azul e veio se exibir, estou bonita? Estou bonita? — Falava agora consigo mesmo, doce e gravemente. — Não é que fosse bonita, mas os olhos... Venha ver, Raquel, é impressionante como tinha olhos iguais aos seus.

Ela desceu a escada, encolhendo-se para não esbarrar em nada.

– Que frio faz aqui. E que escuro, não estou enxergando!

Acendendo outro fósforo, ele ofereceu-o à companheira.

– Pegue, dá para ver muito bem... – Afastou-se para o lado. – Repare nos olhos.

– Mas está tão desbotado, mal se vê que é uma moça... – Antes da chama se apagar, aproximou-a da inscrição feita na pedra. Leu em voz alta, lentamente. – Maria Emília, nascida em vinte de maio de mil e oitocentos e falecida... – Deixou cair o palito e ficou um instante imóvel. – Mas esta não podia ser sua namorada, morreu há mais de cem anos! Seu menti...

Um baque metálico decepou-lhe a palavra pelo meio. Olhou em redor. A peça estava deserta. Voltou o olhar para a escada. No topo, Ricardo a observava por detrás da portinhola fechada. Tinha seu sorriso meio inocente, meio malicioso.

– Isto nunca foi o jazigo da sua família, seu mentiroso! Brincadeira mais cretina! – exclamou ela, subindo rapidamente a escada. – Não tem graça nenhuma, ouviu?

Ele esperou que ela chegasse quase a tocar o trinco da portinhola de ferro. Então deu uma volta à chave, arrancou-a da fechadura e saltou para trás.

– Ricardo, abre isto imediatamente! Vamos, imediatamente! – ordenou, torcendo o trinco. – Detesto este tipo de brincadeira, você sabe disso. Seu idiota! É no que dá seguir a cabeça de um idiota desses. Brincadeira mais estúpida!

– Uma réstia de sol vai entrar pela frincha da porta, tem uma frincha na porta. Depois vai se afastanto devagarinho, bem devagarinho. Você terá o pôr do sol mais belo do mundo.

lygia fagundes telles

Ela sacudia a portinhola.

– Ricardo, chega, já disse! Chega! Abre imediatamente, imediatamente! – Sacudiu a portinhola com mais força ainda, agarrou-se a ela, dependurando-se por entre as grades. Ficou ofegante, os olhos cheios de lágrimas. Ensaiou um sorriso. – Ouça, meu bem, foi engraçadíssimo, mas agora preciso ir mesmo, vamos, abra...

Ele já não sorria. Estava sério, os olhos diminuídos. Em redor deles, reapareceram as rugazinhas abertas em leque.

– Boa noite, Raquel.

– Chega, Ricardo! Você vai me pagar!... – gritou ela, estendendo os braços por entre as grades, tentando agarrá-lo. – Cretino! Me dá a chave desta porcaria, vamos! – exigiu, examinando a fechadura nova em folha. Examinou em seguida as grades cobertas por uma crosta de ferrugem. Imobilizou-se. Foi erguendo o olhar até a chave que ele balançava pela argola, como um pêndulo. Encarou-o, apertando contra a grade a face sem cor. Esbugalhou os olhos num espasmo e amoleceu o corpo. Foi escorregando. – Não, não...

Voltado ainda para ela, ele chegara até a porta e abriu os braços. Foi puxando as duas folhas escancaradas.

– Boa noite, meu anjo.

Os lábios dela se pregavam um ao outro, como se entre eles houvesse cola. Os olhos rodavam pesadamente numa expressão embrutecida.

– Não...

Guardando a chave no bolso, ele retomou o caminho percorrido. No breve silêncio, o som dos pedregulhos se entrechocando úmidos sob seus sapatos. E, de repente, o grito medonho, inumano:

– NÃO!

Venha ver o pôr do sol e outros contos

Durante algum tempo ele ainda ouviu os gritos que se multiplicaram, semelhantes aos de um animal sendo estraçalhado. Depois, os uivos foram ficando mais remotos, abafados como se viessem das profundezas da terra. Assim que atingiu o portão do cemitério, ele lançou ao poente um olhar mortiço. Ficou atento. Nenhum ouvido humano escutaria agora qualquer chamado. Acendeu um cigarro e foi descendo a ladeira. Crianças ao longe brincavam de roda.

4 As formigas

Quando minha prima e eu descemos do táxi já era quase noite. Ficamos imóveis diante do velho sobrado de janelas ovaladas, iguais a dois olhos tristes, um deles vazado por uma pedrada. Descansei a mala no chão e apertei o braço da prima.

– É sinistro.

Ela me impeliu na direção da porta. Tínhamos outra escolha? Nenhuma pensão nas redondezas oferecia um preço melhor a duas pobres estudantes, com liberdade de usar o fogareiro no quarto, a dona nos avisara por telefone que podíamos fazer refeições ligeiras com a condição de não provocar incêndio. Subimos a escada velhíssima, cheirando a creolina.

– Pelo menos não vi sinal de barata – disse minha prima.

A dona era uma velha balofa, de peruca mais negra do que a asa da graúna. Vestia um desbotado pijama de seda japonesa e tinha as unhas aduncas recobertas por uma crosta de esmalte vermelho-escuro descascado nas pontas encardidas. Acendeu um charutinho.

— É você que estuda medicina? — perguntou soprando a fumaça na minha direção.

— Estudo direito. Medicina é ela.

A mulher nos examinou com indiferença. Devia estar pensando em outra coisa quando soltou uma baforada tão densa que precisei desviar a cara. A saleta era escura, atulhada de móveis velhos, desparelhados. No sofá de palhinha furada no assento, duas almofadas que pareciam ter sido feitas com os restos de um antigo vestido, os bordados salpicados de vidrilho.

— Vou mostrar o quarto, fica no sótão — disse ela em meio a um acesso de tosse. Fez um sinal para que a seguíssemos. — O inquilino antes de vocês também estudava medicina, tinha um caixotinho de ossos que esqueceu aqui, estava sempre mexendo neles.

Minha prima voltou-se:

— Um caixote de ossos?

A mulher não respondeu, concentrada no esforço de subir a estreita escada de caracol que ia dar no quarto. Acendeu a luz. O quarto não podia ser menor, com o teto em declive tão acentuado que nesse trecho teríamos que entrar de gatinhas. Duas camas, dois armários e uma cadeira de palhinha pintada de dourado. No ângulo onde o teto quase se encontrava com o assoalho, estava um caixotinho coberto com um pedaço de plástico. Minha prima largou a mala e pondo-se de joelhos puxou o caixotinho pela alça de corda. Levantou o plástico. Parecia fascinada.

— Mas que ossos tão miudinhos! São de criança?

— Ele disse que eram de adulto. De um anão.

— De um anão? É mesmo, a gente vê que já estão formados... Mas que maravilha, é raro à beça esqueleto de anão. E tão limpo, olha aí – admirou-se ela. Trouxe na ponta dos dedos um pequeno crânio de uma brancura de cal. – Tão perfeito, todos os dentinhos!

– Eu ia jogar tudo no lixo, mas se você se interessa pode ficar com ele. O banheiro é aqui ao lado, só vocês é que vão usar, tenho o meu lá embaixo. Banho quente, extra. Telefone, também. Café das sete às nove, deixo a mesa posta na cozinha com a garrafa térmica, fechem bem a garrafa – recomendou coçando a cabeça. A peruca se deslocou ligeiramente. Soltou uma baforada final: – Não deixem a porta aberta senão meu gato foge.

Ficamos nos olhando e rindo enquanto ouvíamos o barulho dos seus chinelos de salto na escada. E a tosse encatarrada.

Esvaziei a mala, dependurei a blusa amarrotada num cabide que enfiei num vão da veneziana, prendi na parede, com durex, uma gravura de Grassmann e sentei meu urso de pelúcia em cima do travesseiro. Fiquei vendo minha prima subir na cadeira, desatarraxar a lâmpada fraquíssima que pendia de um fio solitário no meio do teto e no lugar atarraxar uma lâmpada de duzentas velas que tirou da sacola. O quarto ficou mais alegre. Em compensação, agora a gente podia ver que a roupa de cama não era tão alva assim, alva era a pequena tíbia que ela tirou de dentro do caixotinho. Examinou-a. Tirou uma vértebra e olhou pelo buraco tão reduzido como o aro de um anel. Guardou-as com a delicadeza com que se amontoam ovos numa caixa.

– Um anão. Raríssimo, entende? E acho que não falta nenhum ossinho, vou trazer as ligaduras, quero ver se no fim da semana começo a montar ele.

Abrimos uma lata de sardinha que comemos com pão, minha prima tinha sempre alguma lata escondida, costumava estudar

lygia fagundes telles

até a madrugada e depois fazia sua ceia. Quando acabou o pão, abriu um pacote de bolacha Maria.

— De onde vem esse cheiro? — perguntei farejando. Fui até o caixotinho, voltei, cheirei o assoalho. — Você não está sentindo um cheiro meio ardido?

— É de bolor. A casa inteira cheira assim — ela disse. E puxou o caixotinho para debaixo da cama.

No sonho, um anão louro de colete xadrez e cabelo repartido no meio entrou no quarto fumando charuto. Sentou-se na cama da minha prima, cruzou as perninhas e ali ficou muito sério, vendo-a dormir. Eu quis gritar, tem um anão no quarto!, mas acordei antes. A luz estava acesa. Ajoelhada no chão, ainda vestida, minha prima olhava fixamente algum ponto do assoalho.

— Que é que você está fazendo aí? — perguntei.

— Essas formigas. Apareceram de repente, já enturmadas. Tão decididas, está vendo?

Levantei e dei com as formigas pequenas e ruivas que entravam em trilha espessa pela fresta debaixo da porta, atravessavam o quarto, subiam pela parede do caixotinho de ossos e desembocavam lá dentro, disciplinadas como um exército em marcha exemplar.

— São milhares, nunca vi tanta formiga assim. E não tem trilha de volta, só de ida — estranhei.

— Só de ida.

Contei-lhe meu pesadelo com o anão sentado em sua cama.

— Está debaixo dela — disse minha prima e puxou para fora o caixotinho. Levantou o plástico. — Preto de formiga. Me dá o vidro de álcool.

— Deve ter sobrado alguma coisa aí nesses ossos e elas descobriram, formiga descobre tudo. Se eu fosse você, levava isso lá pra fora.

— Mas os ossos estão completamente limpos, eu já disse. Não ficou nem um fiapo de cartilagem, limpíssimos. Queria saber o que essas bandidas vêm fuçar aqui.

Respingou fartamente o álcool em todo o caixote. Em seguida, calçou os sapatos e, como uma equilibrista andando no fio de arame, foi pisando firme, um pé diante do outro na trilha de formigas. Foi e voltou duas vezes. Apagou o cigarro. Puxou a cadeira. E ficou olhando dentro do caixotinho.

— Esquisito. Muito esquisito.

— O quê?

— Me lembro que botei o crânio em cima da pilha, me lembro que até calcei ele com as omoplatas para não rolar. E agora ele está aí no chão do caixote, com uma omoplata de cada lado. Por acaso você mexeu aqui?

— Deus me livre, tenho nojo de osso. Ainda mais de anão.

Ela cobriu o caixotinho com o plástico, empurrou-o com o pé e levou o fogareiro para a mesa, era a hora do seu chá. No chão, a trilha de formigas mortas era agora uma fita escura que encolheu. Uma formiguinha que escapou da matança passou perto do meu pé, já ia esmagá-la quando vi que levava as mãos à cabeça, como uma pessoa desesperada. Deixei-a sumir numa fresta do assoalho.

Voltei a sonhar aflitivamente, mas dessa vez foi o antigo pesadelo com os exames, o professor fazendo uma pergunta atrás da outra e eu muda diante do único ponto que não tinha estudado. Às seis horas o despertador disparou veementemente. Travei a campainha. Minha prima dormia com a cabeça coberta. No banheiro, olhei com atenção para as paredes, para o chão de cimento, à procura delas. Não vi nenhuma. Voltei pisando na ponta dos pés e então entreabri as folhas da veneziana. O cheiro suspeito da noite tinha desaparecido. Olhei para o chão: desaparecera também a trilha do exército massacrado. Espiei debaixo da cama e não vi o menor movimento de formigas no caixotinho coberto.

Quando cheguei por volta das sete da noite, minha prima já estava no quarto. Achei-a tão abatida que carreguei no sal da omelete, tinha a pressão baixa. Comemos num silêncio voraz. Então me lembrei:

— E as formigas?
— Até agora, nenhuma.
— Você varreu as mortas?

Ela ficou me olhando.

— Não varri nada, estava exausta. Não foi você que varreu?
— Eu?! Quando acordei, não tinha nem sinal de formiga nesse chão, estava certa que antes de deitar você juntou tudo… Mas, então, quem?!

Ela apertou os olhos estrábicos, ficava estrábica quando se preocupava.

— Muito esquisito mesmo. Esquisitíssimo.

Fui buscar o tablete de chocolate e perto da porta senti de novo o cheiro, mas seria bolor? Não me parecia um cheiro assim inocente, quis chamar a atenção da minha prima para esse aspecto, mas ela estava tão deprimida que achei melhor ficar quieta. Espargi água-de-colônia Flor de Maçã por todo o quarto (e se ele cheirasse como um pomar?) e fui deitar cedo. Tive o segundo tipo de sonho, que competia nas repetições com o tal sonho da prova oral, nele eu marcava encontro com dois namorados ao mesmo tempo. E no mesmo lugar. Chegava o primeiro e minha aflição era levá-lo embora dali antes que chegasse o segundo. O segundo, desta vez, era o anão. Quando só restou o oco de silêncio e sombra, a voz da minha prima me fisgou e me trouxe para a superfície. Abri os olhos com esforço. Ela estava sentada na beira da minha cama, de pijama e completamente estrábica.

– Elas voltaram.
– Quem?
– As formigas. Só atacam de noite, antes da madrugada. Estão todas aí de novo.

A trilha da véspera, intensa, fechada, seguia o antigo percurso da porta até o caixotinho de ossos por onde subia na mesma formação até desformigar lá dentro. Sem caminho de volta.

– E os ossos?

Ela se enrolou no cobertor, estava tremendo.

– Aí é que está o mistério. Aconteceu uma coisa, não entendo mais nada! Acordei pra fazer pipi, devia ser umas três horas. Na volta, senti que no quarto tinha *algo* mais, está me entendendo? Olhei pro chão e vi a fila dura de formiga, você lembra? Não tinha nenhuma quando chegamos. Fui ver o caixotinho, todas se trançando lá dentro, lógico, mas não foi isso o que quase me fez cair pra trás, tem uma coisa mais grave: é que os ossos estão mesmo mudando de posição, eu já desconfiava mas agora estou certa, pouco a pouco eles estão... estão se organizando.

– Como, se organizando?

Ela ficou pensativa. Comecei a tremer de frio, peguei uma ponta do seu cobertor. Cobri meu urso com o lençol.

– Você lembra, o crânio entre as omoplatas, não deixei ele assim. Agora é a coluna vertebral que já está quase formada, uma vértebra atrás da outra, cada ossinho tomando o seu lugar, alguém do ramo está montando o esqueleto, mais um pouco e... Venha ver!

– Credo, não quero ver nada. Estão colando o anão, é isso?

Ficamos olhando a trilha rapidíssima, tão apertada que nela não caberia sequer um grão de poeira. Pulei-a com o maior cuidado quando fui esquentar o chá. Uma formiguinha desgarrada (a mesma daquela noite?) sacudia a cabeça entre as mãos. Comecei a rir tanto que se o chão não estivesse ocupado, rolaria por ali de tanto rir. Dormimos juntas na minha cama. Ela dormia ainda quando saí para a primeira aula. No chão, nem sombra de formiga, mortas e vivas desapareciam com a luz do dia.

Voltei tarde essa noite, um colega tinha se casado e teve festa. Vim animada, com vontade de cantar, passei da conta. Só na escada é que me lembrei: o anão. Minha prima arrastara a mesa para a porta e estudava com o bule fumegando no fogareiro.

– Hoje não vou dormir, quero ficar de vigia – ela avisou.

O assoalho ainda estava limpo. Me abracei ao urso.

– Estou com medo.

Ela foi buscar uma pílula para atenuar minha ressaca, me fez engolir a pílula com um gole de chá e ajudou a me despir.

– Fico vigiando, pode dormir sossegada. Por enquanto não apareceu nenhuma, não está na hora delas, é daqui a pouco que começa. Examinei com a lupa debaixo da porta. Sabe que não consigo descobrir de onde brotam?

Tombei na cama, acho que nem respondi. No topo da escada o anão me agarrou pelos pulsos e rodopiou comigo até o quarto. Acorda, acorda! Demorei para reconhecer minha prima que me segurava pelos cotovelos. Estava lívida. E vesga.

– Voltaram – ela disse.

Apertei entre as mãos a cabeça dolorida.

– Estão aí?

Ela falava num tom miúdo como se uma formiguinha falasse com sua voz.

Venha ver o pôr do sol e outros contos

— Acabei dormindo em cima da mesa, estava exausta. Quando acordei, a trilha já estava em plena movimentação. Então fui ver o caixotinho, aconteceu o que eu esperava...

— O que foi? Fala depressa, o que foi?

Ela firmou o olhar oblíquo no caixotinho debaixo da cama.

— Estão mesmo montando ele. E rapidamente, entende? O esqueleto já está inteiro, só falta o fêmur. E os ossinhos da mão esquerda, fazem isso num instante. Vamos embora daqui.

— Você está falando sério?

— Vamos embora, já arrumei as malas.

A mesa estava limpa e vazios os armários escancarados.

— Mas sair assim, de madrugada? Podemos sair assim?

— Imediatamente, melhor não esperar que a bruxa acorde. Vamos, levanta.

— E para onde a gente vai?

— Não interessa, depois a gente vê. Vamos, vista isto, temos que sair antes que o anão fique pronto.

Olhei de longe a trilha: nunca elas me pareceram tão rápidas. Calcei os sapatos, descolei a gravura da parede, enfiei o urso no bolso da japona e fomos arrastando as malas pelas escadas, mais intenso o cheiro que vinha do quarto, deixamos a porta aberta. Foi o gato que miou comprido ou foi um grito?

No céu, as últimas estrelas já empalideciam. Quando encarei a casa, só a janela vazada nos via, o outro olho era penumbra.

5 *O jardim selvagem*

— Daniela é assim como um jardim selvagem — disse tio Ed olhando para o teto. — Como um jardim selvagem…

Tia Pombinha concordou fazendo uma cara muito esperta. E foi correndo buscar o maldito licor de cacau feito em casa. Passei a mão na tampa da caixa de *marron glacé* que ele trouxera. Era a segunda ou terceira vez que a presenteava com uma caixa igual, eu já sabia que aquele nome era como o papel dourado embrulhando simples castanhas açucaradas. Mas, e um jardim selvagem? O que era um jardim selvagem?

Foi o que lhe perguntei. Ele me olhou com um ar de gigante da montanha falando com a formiguinha.

— Jardim selvagem é um jardim selvagem, menina.

— Ah, bom — eu disse. E aproveitei a entrada de tia Pombinha para fugir da sala. A tal caixa estava mesmo fechada, tão cedo não seria aberta. E o licor de cacau era tão ruim que eu já tinha visto uma visita guardá-lo na boca para depois cuspir. Na bacia, fingindo lavar as mãos.

Mais tarde, quando eu já enfiava a camisola para dormir, tia Pombinha entrou no meu quarto. Sentou-se na cama. A caixa de doces já devia estar enfurnada em alguma gaveta. Sovina, sovina.

— O Ed casado, imagine! Até parece mentira, o meu querido Ed casado há mais de uma semana. Mas por que não me avisou, Cristo-Rei! Como é que ele se casa assim, sem participar... Que loucura!

— Decerto não quis dar festa.

— Mas não seria preciso festa, eu só gostaria de saber — choramingou, fazendo bico. — Ainda na noite passada ele me apareceu no sonho...

— Apareceu? — perguntei metendo-me na cama.

Os sonhos de tia Pombinha eram todos horríveis, estava para chegar o dia em que viria anunciar que sonhara com alguma coisa que prestasse.

— Não me lembro bem como foi, ele logo sumiu no meio de outras pessoas. Mas o que me deixou nervosa foi ter sonhado com dentes nessa mesma noite. Você sabe, não é nada bom sonhar com dentes.

— Tratar deles é pior ainda.

Sorriu sem vontade. Ficou toda sentimental quando resolveu me cobrir até o pescoço.

— Você agora me lembrou o Ed menino. Fui a mãezinha dele quando a nossa mãe morreu. E agora se casa assim de repente, sem convidar a família, como se tivesse vergonha da gente... Mas não é mesmo esquisito? E essa moça, Cristo-Rei? Ninguém sabe quem ela é...

— Tio Ed deve saber, ora.

Acho que ela se impressionou com minha resposta porque sossegou um pouco. Mas logo desatou a falar de novo com aquela fala aflita de quem vai pegar o trem, falava assim quando chegava a hora de viajar.

— Ele parece feliz, sem dúvida, mas ao mesmo tempo me olhou de um jeito... Era como se quisesse me dizer qualquer coisa e não tivesse coragem, senti isso com tanta força que meu coração até doeu, quis perguntar, o que foi, Ed! Pode me dizer o que foi!? Mas ele só me olhava e não disse nada. Tive a impressão de que estava com medo.

— Com medo do quê?

— Não sei, não sei, mas foi como se eu estivesse vendo Ed menino outra vez. Tinha pavor do escuro, só queria dormir de luz acesa. Papai proibiu essa história de luz e não me deixou mais ir lá fazer companhia, achava que eu poderia estragá-lo com muito mimo. Mas uma noite não resisti e entrei escondida no quarto. Estava acordado, sentado na cama. Quer que eu fique aqui até você dormir? perguntei. Pode ir embora, ele disse, já não me importo mais de ficar no escuro. Então dei-lhe um beijo, como fiz hoje. Ele me abraçou e me olhou do mesmo jeito que me olhou agora, querendo confessar que estava com medo. Mas sem coragem de confessar.

Disfarcei um bocejo. E afastei as cobertas porque já estava transpirando. Quando minha tia anunciava uma história importante, na certa vinha alguma bobagem sem importância nenhuma. De resto, tia Pombinha tinha a mania de ver mistério em tudo, até no nosso limoeiro que dava às vezes uns limões adocicados. Não passava um dia sem falar nos tais *pressentimentos*.

— Mas por que ele tinha de ter medo?

Ela franziu a testa. Seus olhinhos redondos ficaram mais redondos ainda.

Aí é que está… Quem é que pode saber? Ed sempre foi muito discreto, não é de se abrir com a gente, ele esconde. Que moça será essa?!

Lembrei-me então do que ele dissera: Daniela é como um jardim selvagem. Quis perguntar o que era um jardim selvagem. Mas tia Pombinha devia entender tanto quanto eu desses jardins.

— Ela é bonita, tia?

— Ed disse que é lindíssima. Mas não é tão jovem assim, parece que tem a idade dele, quase quarenta anos…

— E não é bom? Isso de ser meio velha.

Balançou a cabeça com ar de quem podia dizer ainda um montão de coisas sobre essa questão de idade. Mas preferia não dizer.

— Hoje de manhã, quando você estava na escola, a cozinheira deles passou por aqui, é amiga da Conceição. Contou que ela se veste nos melhores costureiros, só usa perfume francês, toca piano… Quando estiveram na chácara, nesse último fim de semana, ela tomou banho nua debaixo da cascata.

— Nua?

— Nuinha. Vão morar na chácara, ele mandou reformar tudo, diz que a casa ficou uma casa de cinema. E é isso que me preocupa, Ducha. Que fortuna não estarão gastando nessas loucuras? Cristo-Rei, que fortuna! Onde é que ele foi encontrar essa moça?

— Mas ele não é rico?

— Aí é que está… Ed não é tão rico quanto se pensa.

Dei de ombros. Nunca tinha pensado antes no assunto. Bocejei sem cerimônia. Tia Pombinha estava era com ciúme, havia muito dessas confusões nas famílias, eu mesma já tinha lido um caso parecido numa revista. Sabia até o nome do complexo, era um complexo de irmão com irmã. Afundei a cabeça no travesseiro. Se queria tanto conversar, por que não se lembrou de trazer os doces? Para comer tudo escondido, não é?

Venha ver o pôr do sol e outros contos

— Deixa, tia. Você não tem nada com isso.

Ela abriu nos joelhos as mãos ossudas, de unhas onduladas, cortadas rente. Passei a língua na palma das minhas mãos para umedecê-las. Sempre que olhava para as mãos dela, assim secas como se tivessem lidado com giz, precisava molhar as minhas.

— Diz que anda sempre com uma luva na mão direita, não tira nunca a luva dessa mão, nem dentro de casa.

Sentei-me na cama. Esse pedaço me interessava.

— Usa uma luva?

— Na mão direita. Diz que tem dúzias de luvas, cada qual de uma cor, combinando com o vestido.

— E não tira nem dentro de casa?

— Já amanhece com ela. Diz que teve um acidente com essa mão, deve ter ficado algum defeito...

— Mas por que não quer que vejam?

— Eu é que sei? Como Ed nem tocou nisso, fiquei sem jeito de perguntar, essas coisas não se perguntam. Casado, imagine... Deve dar um marido exemplar, desde criança foi muito bonzinho, você precisava ver que pérola de menino! Uma verdadeira pérola...

Tia Pombinha ficou falando algum tempo ainda sobre a bondade do irmão, mas eu só pensava naquela nova tia que tomava banho pelada debaixo da cascata. E não tirava a luva da mão direita.

Na manhã de sábado, quando cheguei para o almoço, soube que ela passara em casa. Chutei minha pasta. As coisas que valiam a pena aconteciam sempre quando eu estava na escola. Tia Pombinha gaguejava, o pescoço fino cheio de manchas avermelhadas. Ficava assim que nem peru quando tinha uma emoção forte.

– Ah, você não imagina como é encantadora! Nunca vi uma beleza igual, que encanto de moça! Tão natural, tão simples e ao mesmo tempo, tão elegante, tão bem cuidada... Foi tão carinhosa comigo!

Fiquei olhando para as pernas finas de tia Pombinha com as meias murchas cor de cenoura. Bom, então tudo tinha mudado.

– Quer dizer que a senhora gostou dela?

– Muito, fiquei mesmo cativada! E trouxe presentes, venha ver – disse puxando-me pelo braço. – Três cortes de seda finíssima para mim e para você uma boneca francesa... Loura, loura!

– Tenho ódio de boneca.

– Ducha! Você vai gostar dessa, é a coisa mais linda que já se viu, olha aí, não é linda?

Fiquei olhando a boneca dentro da caixa. Usava luvinhas de renda.

– Ela estava de luva?

– Estava. Uma luva verde, combinando com os sapatos. No começo a gente estranha a luva só naquela mão. Mas não é mesmo de se estranhar? Podia fazer uma plástica... Enfim, deve ter motivos. Um amor de moça!

A conversa no mês seguinte com a cozinheira de tio Ed me fez esquecer até os zeros sucessivos que tive em matemática. A cozinheira viera indagar se Conceição sabia de um bom emprego, desde a véspera estava desempregada. Tia Pombinha tinha ido ao mercado, pudemos falar à vontade enquanto Conceição fazia o almoço.

– Seu tio é muito bom, coitado. Gosto demais dele – começou ela enquanto beliscava um bolinho que Conceição tirara da frigideira. – Mas não combino com dona Daniela. Fazer aquilo com o pobre do cachorro, não me conformo!

— Que cachorro?
— O Kleber, lá da chácara. Um cachorro tão engraçadinho, coitado. Só porque ficou doente e ela achou que ele estava sofrendo... Tem cabimento fazer isso com um cachorro?
— Mas o que foi que ela fez?
— Deu um tiro nele.
— Um tiro?
— Bem na cabeça. Encostou o revólver na orelha e pum! matou assim como se fosse uma brincadeira... Não era para ninguém ver, nem o seu tio, que estava na cidade. Mas eu vi com estes olhos que a terra há de comer, ela pegou o revólver com aquela mão enluvada e atirou no pobrezinho, morreu ali mesmo, sem um gemido... Perguntei depois, mas por que a senhora fez isso? O bicho é de Deus, não se faz com um bicho de Deus uma coisa dessas! Ela então respondeu que o Kleber estava sofrendo muito, que a morte para ele era um descanso.
— Disse isso?

A mulher deu uma dentada no bolinho. Ficou soprando um pouco porque estava quente como o diabo, eu mesma não conseguia dar cabo do meu.

— Disse que a vida tinha que ser... Ah! não lembro. Mas falou em música, que tudo tinha que ser como uma música, foi isso. A doença sem remédio era o desafino, o melhor era acabar com o instrumento pra não tocar mais desafinado. Até que foi muito educada comigo, viu que eu estava nervosa e quis me explicar tudo direitinho. Mas podia ficar me explicando até gastar todo o cuspe que eu nunca ia entender. O que entendi muito bem foi que o Kleber estava morto. O pobre.

— Mas ela gostava dele?
— Acho que sim, estavam sempre juntos. Quando ele ainda

estava bom, ia tão alegrinho tomar banho com ela na cascata... Só faltava falar aquele cachorro.

— Ela perguntou por que você ia embora?

— Não. Não perguntou nada. Nunca me tratou mal, justiça seja feita, sempre foi muito delicada com todos os empregados. Mas não sei, eu me aborreci por demais... Isso de matar o Kleber! E montar em pelo como monta, feito índio, e tomar banho sem roupa... Uma noite a mesa do jantar virou inteira. O doutor disse que foi ele que esbarrou no pé da mesa, pra não cair, agarrou a toalha e veio tudo pro chão. Mas ninguém me tira da cabeça que quem virou a mesa foi ela.

— Por quê? Por que fez isso?

— Quando fica brava... A gente tem vontade até de entrar num buraco. O olho dela, o azul, muda de cor.

— Não tira a luva, nunca?

— Capaz!... Acho que nem o doutor viu aquela mão. Já amanhece de luvinha. Até na cascata usa uma luva de borracha.

Conceição veio interromper a conversa para mostrar à amiga uma bolsa que tinha comprado. Ficaram as duas cochichando sobre homens. Quando tia Pombinha chegou, a mulher já estava se despedindo, o que foi uma sorte.

Não falei com ninguém sobre essa história. Mas levei o maior susto do mundo quando dois meses depois tia Daniela telefonou da chácara para avisar que tio Ed estava muito doente. Tia Pombinha começou a tremer. O pescoço ficou uma mancha só.

— Deve ser a úlcera que voltou... Meu querido Ed! Cristo-Rei, será que é mesmo grave? Ducha, depressa, vai buscar o calmante, quinze gotas num copo de água açucarada... Cristo-Rei! A úlcera...

Contei cinquenta. E carreguei no açúcar para disfarçar o gosto. Antes de levar o copo, despejei ainda mais umas gotas.

Venha ver o pôr do sol e outros contos

Assim que acordou, à hora do jantar, desandou nos telefonemas avisando à velharia da irmandade que o "menino estava doente".

— E tia Daniela? — perguntei quando ela parou de choramingar.

— Tem sido dedicadíssima, não sai de perto dele um só minuto. Falei também com o médico, disse que nunca encontrou criatura tão eficiente, tem sido uma enfermeira e tanto. É o que me deixa mais descansada. Meu querido menino...

Quando Conceição veio me anunciar que ele tinha se matado com um tiro, assustei-me à beça. Mas aquele primeiro susto que levara quando me disseram que estava doente, fora um susto maior ainda. Eu chegava da escola quando Conceição veio correndo ao meu encontro:

— Seu tio Ed se matou hoje de manhã! Se matou com um tiro!

Larguei a pasta.

— Um tiro no ouvido?

— Lá sei se foi no ouvido, não me contaram mais nada, dona Pombinha parecia louca, mal podia falar. Já seguiu com as irmãs para a chácara, foi um tamanho berreiro! Todas berravam ao mesmo tempo, um horror!

Dessa vez achei muito bom que eu estivesse na escola quando chegou a notícia. Conceição enxugou duas lágrimas na barra do avental enquanto fritava batatas. Peguei uma batata que caíra da frigideira e afundei-a no sal. Estava quase crua.

— Mas por que ele fez isso, Conceição?

— Ninguém sabe. Não deixou carta, nada, ninguém sabe! Vai ver que foi por causa da doença, não é mesmo? Você também não acha que foi por causa da doença?

— Acho — concordei, enquanto esperava que caísse outra batata da frigideira. Pensava agora em tia Daniela metida num vestido preto. E de luva também preta, como não podia deixar de ser.

6 *Biruta*

Alonso foi para o quintal carregando uma bacia cheia de louça suja. Andava com dificuldade, tentando equilibrar a bacia que era demasiado pesada para seus bracinhos finos.

– Biruta, êh, Biruta! – chamou sem se voltar.

O cachorro saiu de dentro da garagem. Era pequenino e branco, uma orelha em pé e a outra completamente caída.

– Sente-se aí, Biruta, que vamos ter uma conversinha – disse Alonso pousando a bacia ao lado do tanque. Ajoelhou-se, arregaçou as mangas da camisa e começou a lavar os pratos.

Biruta sentou-se muito atento, inclinando interrogativamente a cabeça ora para a direita, ora para a esquerda, como se quisesse apreender melhor as palavras do seu dono. A orelha caída ergueu-se um pouco, enquanto a outra empinou, aguda e reta. Entre elas, formaram-se dois vincos, próprios de uma testa franzida no esforço da meditação.

lygia fagundes telles

— Leduína disse que você entrou no quarto dela — começou o menino num tom brando. — E subiu em cima da cama e focinhou as cobertas e mordeu uma carteirinha de couro que ela deixou lá. A carteira era meio velha e ela não ligou muito. Mas se fosse uma carteira nova, Biruta! Se fosse uma carteira nova! Me diga agora o que é que ia acontecer se ela fosse uma carteira nova!? Leduína te dava uma surra e eu não podia fazer nada, como daquela outra vez que você arrebentou a franja da cortina, lembra? Você se lembra muito bem, sim senhor, não precisa fazer essa cara de inocente!...

Biruta deitou-se, enfiou o focinho entre as patas e baixou a orelha. Agora, ambas as orelhas estavam no mesmo nível, murchas, as pontas quase tocando o chão. Seu olhar interrogativo parecia perguntar: "Mas que foi que eu fiz, Alonso? Não me lembro de nada..."

— Lembra sim senhor! E não adianta ficar aí com essa cara de doente, que não acredito, ouviu? Ouviu, Biruta?! — repetiu Alonso lavando furiosamente os pratos. Com um gesto irritado, arregaçou as mangas que já escorregavam sobre os pulsos finos. Sacudiu as mãos cheias de espuma. Tinha mãos de velho.

— Alonso, anda ligeiro com essa louça! — gritou Leduína, aparecendo por um momento na janela da cozinha. — Já está escurecendo, tenho que sair!

— Já vou indo — respondeu o menino enquanto removia a água da bacia. Voltou-se para o cachorro. E seu rostinho pálido se confrangeu de tristeza. Por que Biruta não se emendava, por quê? Por que não se esforçava um pouco para ser melhorzinho? Dona Zulu já andava impaciente, Leduína também, Biruta fez isso, Biruta fez aquilo...

Lembrou-se do dia em que o cachorro entrou na geladeira e tirou de lá a carne. Leduína ficou desesperada, vinham visitas para

Venha ver o pôr do sol e outros contos

o jantar, precisava encher os pastéis, "Alonso, você não viu onde deixei a carne?" Ele estremeceu. Biruta! Disfarçadamente, foi à garagem no fundo do quintal, onde dormia com o cachorro num velho colchão metido num ângulo da parede. Biruta estava lá, deitado bem em cima do travesseiro, com a posta de carne entre as patas, comendo tranquilamente. Alonso arrancou-lhe a carne, escondeu-a dentro da camisa e voltou à cozinha. Deteve-se na porta ao ouvir Leduína queixar-se à dona Zulu que a carne desaparecera, aproximava-se a hora do jantar e o açougue já estava fechado, "que é que eu faço, dona Zulu?!"

Ambas estavam na sala. Podia entrever a patroa a escovar freneticamente os cabelos. Ele então tirou a carne de dentro da camisa, ajeitou o papel já todo roto que a envolvia e entrou com a posta na mão.

— Está aqui, Leduína.

— Mas falta um pedaço!

— Esse pedaço eu tirei pra mim. Eu estava com vontade de comer um bife e aproveitei quando você foi na quitanda.

— Mas por que você escondeu o resto? — perguntou a patroa, aproximando-se.

— Porque fiquei com medo.

Tinha bem viva na memória a dor que sentira nas mãos corajosamente abertas para os golpes da escova. Lágrimas saltaram-lhe dos olhos. Os dedos foram ficando roxos, mas ela continuava batendo com aquele mesmo vigor obstinado com que escovara os cabelos, batendo, batendo como se não pudesse parar nunca mais.

— Atrevido! Ainda te devolvo pro asilo, seu ladrãozinho!

Quando ele voltou à garagem, Biruta já estava lá, as duas orelhas caídas, o focinho entre as patas, piscando, piscando os olhinhos ternos. "Biruta, Biruta, apanhei por sua causa, mas não faz mal. Não faz mal."

Biruta então ganiu sentidamente. Lambeu-lhe as lágrimas. Lambeu-lhe as mãos.

Isso tinha acontecido há duas semanas. E agora Biruta mordera a carteirinha de Leduína. E se fosse a carteira de dona Zulu?

— Hem, Biruta?! E se fosse a carteira de dona Zulu?

Já desinteressado, Biruta mascava uma folha seca.

— Por que você não arrebenta minhas coisas? – prosseguiu o menino elevando a voz. – Você sabe que tem todas as minhas coisas pra morder, não sabe? Pois agora não te dou presente de Natal, está acabado. Você vai ver se ganha alguma coisa. Você vai ver!...

Girou sobre os calcanhares, dando as costas ao cachorro. Resmungou ainda enquanto empilhava a louça na bacia. Em seguida, calou-se, esperando qualquer reação por parte do cachorro. Como a reação tardasse, lançou-lhe um olhar furtivo. Biruta dormia profundamente.

Alonso então sorriu. Biruta era como uma criança. Por que não entendiam isso? Não fazia nada por mal, queria só brincar... Por que dona Zulu tinha tanta raiva dele? Ele só queria brincar, como as crianças. Por que dona Zulu tinha tanta raiva de crianças?

Uma expressão desolada amarfanhou o rostinho do menino. "Por que dona Zulu tem que ser assim? O doutor é bom, quer dizer, nunca se importou nem comigo nem com você, é como se a gente não existisse. Leduína tem aquele jeitão dela, mas duas vezes já me protegeu. Só dona Zulu não entende que você é que nem uma criancinha. Ah, Biruta, Biruta, cresça logo, pelo amor de Deus! Cresça logo e fique um cachorro sossegado, com bastante pelo e as duas orelhas de pé! Você vai ficar lindo quando crescer, Biruta, eu sei que vai!"

Venha ver o pôr do sol e outros contos

– Alonso! – Era a voz de Leduína. – Deixe de falar sozinho e traga logo essa bacia. Já está quase noite, menino.

– Chega de dormir, seu vagabundo! – disse Alonso espargindo água no focinho do cachorro.

Biruta abriu os olhos, bocejou com um ganido e levantou-se, estirando as patas dianteiras, num longo espreguiçamento.

O menino equilibrou penosamente a bacia na cabeça. Biruta seguiu-o aos pulos, mordendo-lhe os tornozelos, dependurando-se com os dentes na barra do seu avental.

– Aproveita, seu bandidinho! – riu-se Alonso. – Aproveita que eu estou com a mão ocupada, aproveita!

Assim que colocou a bacia na mesa, ele inclinou-se para agarrar o cachorro. Mas Biruta esquivou-se, latindo. O menino vergou o corpo sacudido pelo riso.

– Ai, Leduína, que o Biruta judiou de mim!…

A empregada pôs-se a guardar rapidamente a louça. Estendeu-lhe uma caçarola com batatas:

– Olha aí para o seu jantar. Tem ainda arroz e carne no forno.

– Mas só eu vou jantar? – surpreendeu-se Alonso ajeitando a caçarola no colo.

– Hoje é dia de Natal, menino. Eles vão jantar fora, eu também tenho a minha festa. Você vai jantar sozinho.

Alonso inclinou-se. E espiou apreensivo para debaixo do fogão. Dois olhinhos brilharam no escuro: Biruta ainda estava lá. Alonso suspirou. Era tão bom quando Biruta resolvia se sentar! Melhor ainda quando dormia. Tinha então a certeza de que não estava acontecendo nada. A trégua. Voltou-se para Leduína.

– O que o seu filho vai ganhar?

– Um cavalinho – disse a mulher. A voz suavizou. – Quando ele acordar amanhã, vai encontrar o cavalinho dentro do sapato dele.

Vivia me atormentando que queria um cavalinho, que queria um cavalinho...

Alonso pegou uma batata cozida, morna ainda. Fechou-a nas mãos arroxeadas.

— Lá no asilo, no Natal, apareciam umas moças com uns saquinhos de balas e roupas. Tinha uma que já me conhecia, me dava sempre dois pacotinhos em lugar de um. A madrinha. Um dia, me deu sapatos, um casaquinho de malha e uma camisa.

— Por que ela não ficou com você?

— Ela disse uma vez que ia me levar, ela disse. Depois, não sei por que ela não apareceu mais...

Deixou cair na caçarola a batata já fria. E ficou em silêncio, as mãos abertas em torno da vasilha. Apertou os olhos. Deles, irradiou-se para todo o rosto uma expressão dura. Dois anos seguidos esperou por ela. Pois não prometera levá-lo? Não prometera? Nem lhe sabia o nome, não sabia nada a seu respeito, era apenas "a madrinha". Inutilmente a procurava entre as moças que apareciam no fim do ano com os pacotes de presentes. Inutilmente cantava mais alto do que todos no fim da festa, quando então se reunia aos meninos na capela. Ah, se ela pudesse ouvi-lo!

"... O bom Jesus é quem nos traz

A mensagem de amor e alegria..."

— Também, é muita responsabilidade tirar criança pra criar! — disse Leduína desamarrando o avental. — Já chega os que a gente tem.

Alonso baixou o olhar. E de repente, sua fisionomia iluminou-se. Puxou o cachorro pelo rabo.

— Êh, Biruta! Está com fome, Biruta? Seu vagabundo! vagabundo!... Sabe, Leduína, Biruta também vai ganhar um presente que está escondido lá debaixo do meu travesseiro. Com aquele

Venha ver o pôr do sol e outros contos

dinheirinho que você me deu, lembra? Comprei uma bolinha de borracha, uma beleza de bola! Agora ele não vai precisar mais morder suas coisas, tem a bolinha só pra isso. Ele não vai mais mexer em nada, sabe, Leduína?

– Hoje cedo ele não esteve no quarto de dona Zulu?

O menino empalideceu.

– Só se foi na hora que fui lavar o automóvel... Por quê, Leduína? Por quê? Que foi que aconteceu?

Ela hesitou. E encolheu os ombros.

– Nada. Perguntei à toa.

A porta abriu-se bruscamente e a patroa apareceu. Alonso encolheu-se um pouco. Sondou a fisionomia da mulher. Mas ela estava sorridente. O menino sorriu também.

– Ainda não foi pra sua festa, Leduína? – perguntou a moça num tom afável. Abotoava os punhos do vestido de renda. – Pensei que você já tivesse saído... – E antes que a empregada respondesse, ela voltou-se para Alonso: – Então? Preparando seu jantarzinho?

O menino baixou a cabeça. Quando ela lhe falava assim mansamente, ele não sabia o que dizer.

– O Biruta está limpo, não está? – prosseguiu a mulher, inclinando-se para fazer uma carícia na cabeça do cachorro. Biruta baixou as orelhas, ganiu dolorido e escondeu-se debaixo do fogão.

Alonso tentou encobrir-lhe a fuga:

– Biruta, Biruta! Cachorro mais bobo, deu agora de se esconder... – Voltou-se para a patroa. E sorriu desculpando-se: – Até de mim ele se esconde.

A mulher pousou a mão no ombro do menino:

– Vou numa festa onde tem um menininho assim do seu tamanho. Ele adora cachorros. Então me lembrei de levar o Biruta emprestado só por esta noite. O pequeno está doente, vai ficar radiante, o pobrezinho. Você empresta seu Biruta só por hoje, não empresta? O automóvel já está na porta. Ponha ele lá que já estamos de saída.

O rosto do menino resplandeceu. Mas então era isso?!... Dona Zulu pedindo o Biruta emprestado, precisando do Biruta! Abriu a boca para dizer-lhe que sim, que o Biruta estava limpinho e que ficaria contente de emprestá-lo ao menino doente. Mas sem dar-lhe tempo de responder, a mulher saiu apressadamente da cozinha.

– Viu, Biruta? Você vai numa festa! – exclamou. – Numa festa com crianças, com doces, com tudo! Numa festa, seu sem-vergonha! – repetiu, beijando o focinho do cachorro. – Mas, pelo amor de Deus, tenha juízo, nada de desordens! Se você se comportar, amanhã cedinho te dou uma coisa. Vou te esperar acordado, hem? Tem um presente no seu sapato... – acrescentou num sussurro, com a boca encostada na orelha do cachorro. Apertou-lhe a pata. – Te espero acordado, Biru... Mas não demore muito!

O patrão já estava na direção do carro. Alonso aproximou-se.

– O Biruta, doutor.

O homem voltou-se ligeiramente. Baixou os olhos.

– Está bem, está bem. Deixe ele aí atrás.

Alonso ainda beijou o focinho do cachorro. Em seguida, fez-lhe uma última carícia, colocou-o no assento do automóvel e afastou-se correndo.

– Biruta vai adorar a festa! – exclamou assim que entrou na cozinha. – E lá tem doces, tem crianças, ele não quer outra coisa! – Fez uma pausa. Sentou-se. – Hoje tem festa em toda parte, não, Leduína?

A mulher já se preparava para sair.

– Decerto.

Venha ver o pôr do sol e outros contos

Alonso pôs-se a mastigar pensativamente.
– Foi hoje que Nossa Senhora fugiu no burrinho?
– Não, menino. Foi hoje que Jesus nasceu. Depois então é que aquele rei manda prender os três.

Alonso concentrou-se:
– Sabe, Leduína, se algum rei malvado quisesse matar o Biruta, eu me escondia com ele no meio do mato e ficava morando lá a vida inteira, só nós dois! – Riu-se metendo uma batata na boca. E de repente ficou sério, ouvindo o ruído do carro que já saía. – Dona Zulu estava linda, não?
– Estava.
– E tão boazinha. Você não achou que hoje ela estava boazinha?
– Estava, estava muito boazinha...
– Por que você está rindo?
– Nada – respondeu ela pegando a sacola. Dirigiu-se à porta. Mas antes, parecia querer dizer qualquer coisa de desagradável e por isso hesitava, contraindo a boca.

Alonso observou-a. E julgou adivinhar o que a preocupava.
– Sabe, Leduína, você não precisa dizer pra dona Zulu que ele mordeu sua carteirinha, eu já falei com ele, já surrei ele. Não vai fazer mais isso nunca, eu prometo que não.

A mulher voltou-se para o menino. Pela primeira vez, encarou-o. Vacilou ainda um instante. Decidiu-se:
– Olha aqui, se eles gostam de enganar os outros, eu não gosto, entendeu? Ela mentiu pra você, Biruta não vai mais voltar.
– Não vai o quê? – perguntou Alonso pondo a caçarola em cima da mesa. Engoliu com dificuldade o pedaço de batata que ainda tinha na boca. Levantou-se. – Não vai o quê, Leduína?
– Não vai mais voltar. Hoje cedo ele foi no quarto dela e rasgou um pé de meia que estava no chão. Ela ficou daquele jeito. Mas não

te disse nada e agora de tardinha, enquanto você lavava a louça, escutei a conversa dela com o doutor: que não queria mais esse vira-lata, que ele tinha que ir embora hoje mesmo, e mais isso, e mais aquilo... O doutor pediu pra ela esperar, que amanhã dava um jeito, você ia sentir muito, hoje era Natal... Não adiantou. Vão soltar o cachorro bem longe daqui e depois seguem pra festa. Amanhã ela vinha dizer que o cachorro fugiu da casa do tal menino. Mas eu não gosto dessa história de enganar os outros, não gosto. É melhor que você fique sabendo desde já, o Biruta não vai voltar.

Alonso fixou na mulher o olhar inexpressivo. Abriu a boca. A voz era um sopro.

— Não?...

Ela perturbou-se.

— Que gente também! — explodiu. Bateu desajeitadamente no ombro do menino. — Não se importe, não, filho. Vai, vai jantar.

Ele deixou cair os braços ao longo do corpo. E arrastando os pés, num andar de velho, foi saindo para o quintal. Dirigiu-se à garagem. A porta de ferro estava erguida. A luz fria do luar chegava até a borda do colchão desmantelado.

Alonso cravou os olhos brilhantes num pedaço de osso roído, meio encoberto sob um rasgão do lençol. Ajoelhou-se. Estendeu a mão tateante. Tirou de baixo do travesseiro uma bola de borracha.

— Biruta — chamou baixinho. — Biruta... — E desta vez só os lábios se moveram e não saiu som algum.

Muito tempo ele ficou ali ajoelhado, segurando a bola. Depois apertou-a fortemente contra o coração.

Venha ver o pôr do sol e outros contos

7 *Antes do baile verde*

O rancho azul e branco desfilava com seus passistas vestidos à Luís XV e sua porta-estandarte de peruca prateada em forma de pirâmide, os cachos desabados na testa, a cauda do vestido de cetim arrastando-se enxovalhada pelo asfalto. O negro do bumbo fez uma profunda reverência diante das duas mulheres debruçadas na janela e prosseguiu com seu chapéu de três bicos, fazendo rodar a capa encharcada de suor.

— Ele gostou de você — disse a jovem voltando-se para a mulher que ainda aplaudia. — O cumprimento foi na sua direção, viu que chique?

A preta deu uma risadinha.

— Meu homem é mil vezes mais bonito, pelo menos na minha opinião. E já deve estar chegando, ficou de me pegar às dez na esquina. Se me atraso, ele começa a encher a caveira e pronto, não sai mais nada.

lygia fagundes telles

A jovem tomou-a pelo braço e arrastou-a até a mesa de cabeceira. O quarto estava revolvido como se um ladrão tivesse passado por ali e despejado caixas e gavetas.

— Estou atrasadíssima, Lu! Essa fantasia é fogo... Tenha paciência, mas você vai me ajudar um pouquinho.

— Mas você ainda não acabou?

Sentando-se na cama, a jovem abriu sobre os joelhos o saiote verde. Usava biquíni e meias rendadas também verdes.

— Acabei o quê, falta pregar tudo isso ainda, olha aí... Fui inventar um raio de pierrete dificílima!

A preta aproximou-se, alisando com as mãos o quimono de seda brilhante. Espetado na carapinha trazia um crisântemo de papel-crepom vermelho. Sentou-se ao lado da moça.

— O Raimundo já deve estar chegando, ele fica uma onça se me atraso. A gente vai ver os ranchos, hoje quero ver todos.

— Tem tempo, sossega — atalhou a jovem. Afastou os cabelos que lhe caíam nos olhos. Levantou o abajur que tombou na mesinha. — Não sei como fui me atrasar desse jeito.

— Mas não posso perder o desfile, viu, Tatisa? Tudo, menos perder o desfile!

— E quem está dizendo que você vai perder?

A mulher enfiou o dedo no pote de cola e baixou-o de leve nas lantejoulas do pires. Em seguida, levou o dedo até o saiote e ali deixou as lantejoulas formando uma constelação desordenada. Colheu uma lantejoula que escapara e delicadamente tocou com ela na cola. Depositou-a no saiote, fixando-a com pequenos movimentos circulares.

— Mas se tiver que pregar as lantejoulas em todo o saiote...

— Já começou a queixação? Achei que dava tempo e agora não posso largar a coisa pela metade, vê se entende! Você ajudando vai

num instante, já me pintei, olha aí, que tal minha cara? Você nem disse nada, sua bruxa! Hein?... Que tal?

— Ficou bonito, Tatisa. Com o cabelo assim verde você está parecendo uma alcachofra, tão gozado. Não gosto é desse verde na unha, fica esquisito.

Num movimento brusco, a jovem levantou a cabeça para respirar melhor. Passou o dorso da mão na face afogueada.

— Mas as unhas é que dão a nota, sua tonta. É um baile verde, as fantasias têm que ser verdes, tudo verde. Mas não precisa ficar me olhando, vamos, não pare, pode falar, mas vá trabalhando. Falta mais da metade, Lu!

— Estou sem óculos, não enxergo direito sem os óculos.

— Não faz mal — disse a jovem, limpando no lençol o excesso de cola que lhe escorreu pelo dedo. — Vá grudando de qualquer jeito que lá dentro ninguém vai reparar, vai ter gente à beça. O que está me endoidando é este calor, não aguento mais, tenho a impressão de que estou me derretendo, você não sente? Calor bárbaro!

A mulher tentou prender o crisântemo que resvalara para o pescoço. Franziu a testa e baixou o tom de voz.

— Estive lá.

— E daí?

— Ele está morrendo.

Um carro passou na rua, buzinando freneticamente. Alguns meninos puseram-se a cantar aos gritos, o compasso marcado pelas batidas numa panela: *A coroa do rei não é de ouro nem de prata...*

— Parece que estou num forno — gemeu a jovem dilatando as narinas porejadas de suor. — Se soubesse, teria inventado uma fantasia mais leve.

— Mais leve do que isso? Você está quase nua, Tatisa. Eu ia com a minha havaiana, mas só porque aparece um pedaço da coxa o Raimundo implica. Imagine você então…

Com a ponta da unha, Tatisa colheu uma lantejoula que se enredara na renda da meia. Deixou-a cair na pequena constelação que ia armando na barra do saiote e ficou raspando pensativamente um pingo ressequido de cola que lhe caíra no joelho. Vagava o olhar pelos objetos, sem fixar-se em nenhum. Falou num tom sombrio:

— Você acha, Lu?

— Acha o quê?

— Que ele está morrendo?

— Ah, está sim. Conheço bem isso, já vi um monte de gente morrer, agora já sei como é. Ele não passa desta noite.

— Mas você já se enganou uma vez, lembra? Disse que ele ia morrer, que estava nas últimas… E no dia seguinte ele já pedia leite, radiante.

— Radiante? – espantou-se a empregada. Fechou num muxoxo os lábios pintados de vermelho-violeta. – E depois, eu não disse não senhora que ele ia morrer, eu disse que ele estava ruim, foi o que eu disse. Mas hoje é diferente, Tatisa. Espiei da porta, nem precisei entrar para ver que ele está morrendo.

— Mas quando fui lá ele estava dormindo tão calmo, Lu.

— Aquilo não é sono. É outra coisa.

Afastando bruscamente o saiote aberto nos joelhos, a jovem levantou-se. Foi até a mesa, pegou a garrafa de uísque e procurou um copo em meio da desordem dos frascos e caixas. Achou-o debaixo da esponja de arminho. Soprou o fundo cheio de pó de arroz e bebeu em largos goles, apertando os maxilares. Respirou de boca aberta. Dirigiu-se à preta.

— Quer?

— Tomei muita cerveja, se misturo dá ânsia.

A jovem despejou mais uísque no copo.

— Minha pintura não está derretendo? Veja se o verde dos olhos não borrou... Nunca transpirei tanto, sinto o sangue ferver.

— Você está bebendo demais. E nessa correria... Também não sei por que essa invenção de saiote bordado, as lantejoulas vão se desgrudar todas no aperto. E o pior é que não posso caprichar, com o pensamento no Raimundo lá na esquina...

— Você é chata, não, Lu? Mil vezes fica repetindo a mesma coisa, taque-taque-taque-taque! Esse cara não pode esperar um pouco?

A mulher não respondeu. Ouvia com expressão deliciada a música de um bloco que passava já longínquo. Cantarolou em falsete: *Acabou chorando... acabou chorando...*

— No outro carnaval entrei num bloco de *sujos* e me diverti à grande. Meu sapato até desmanchou de tanto que dancei.

— E eu na cama, podre de gripe, lembra? Neste quero me esbaldar.

— E seu pai?

Lentamente a jovem foi limpando no lençol as pontas dos dedos esbranquiçados de cola. Tomou um gole de uísque. Voltou a afundar o dedo no pote.

— Você quer que eu fique aqui chorando, não é isso que você quer? Quer que eu cubra a cabeça com cinza e fique de joelhos rezando, não é isso que você está querendo? – Ficou olhando para a ponta do dedo coberto de lantejoulas. Foi deixando no saiote o dedal cintilante. – Que é que eu posso fazer? Não sou Deus, sou? Então? Se ele está pior, que culpa tenho eu?

— Não estou dizendo que você é culpada, Tatisa. Não tenho nada com isso, ele é seu pai, não meu. Faça o que bem entender.

— Mas você começa a dizer que ele está morrendo!

— Pois está mesmo.

— Está nada! Também espiei, ele está dormindo, ninguém morre dormindo daquele jeito.

— Então não está.

A jovem foi até a janela e ofereceu a face ao céu roxo. Na calçada, um bando de meninos brincava com bisnagas de plástico em formato de banana, esguichando água um na cara do outro. Interromperam a brincadeira para vaiar um homem que passou vestido de mulher, pisando para fora nos sapatos de saltos altíssimos. "Minha lindura, vem comigo, minha lindura!" – gritou o moleque maior, correndo atrás do homem. Ela assistia à cena com indiferença. Puxou com força as meias presas aos elásticos do biquíni.

— Estou transpirando feito um cavalo. Juro que se não tivesse me pintado, me metia agora num chuveiro, besteira a gente se pintar antes.

— E eu não aguento mais de sede – resmungou a empregada, arregaçando as mangas do quimono. – Ai! uma cerveja bem geladinha. Gosto mesmo é de cerveja, mas o Raimundo prefere cachaça. No ano passado, ele ficou de porre os três dias, fui sozinha no desfile. Tinha um carro que foi o mais bonito de todos, representava um mar. Você precisa ver aquele monte de sereias enroladas em pérolas. Tinha pescador, tinha pirata, tinha polvo, tinha tudo! Bem lá em cima, dentro de uma concha abrindo e fechando, a rainha do mar coberta de joias...

— Você já se enganou uma vez – atalhou a jovem. – Ele não pode estar morrendo, não pode. Também estive lá antes de você, ele estava dormindo tão sossegado. E hoje cedo até me reconheceu, ficou me olhando, me olhando e depois sorriu. Você está bem papai?, perguntei e ele não respondeu mas vi que entendeu perfeitamente o que eu disse.

— Ele se fez de forte, coitado.

— De forte, como?

— Sabe que você tem o seu baile, não quer atrapalhar.

— Ih, como é difícil conversar com gente ignorante – explodiu a jovem, atirando no chão as roupas amontoadas na cama. Revistou os bolsos de uma calça comprida. – Você pegou meu cigarro?

— Tenho minha marca, não preciso dos seus.

— Escuta, Luzinha, escuta – começou ela, ajeitando a flor na carapinha da mulher. – Eu não estou inventando, tenho certeza de que ainda hoje cedo ele me reconheceu. Acho que nessa hora sentiu alguma dor porque uma lágrima foi escorrendo daquele lado paralisado. Nunca vi ele chorar daquele lado, nunca. Chorou só daquele lado, uma lágrima tão escura…

— Ele estava se despedindo.

— Lá vem você de novo, merda! Pare de bancar o corvo, até parece que você quer que seja hoje. Por que tem que repetir isso, por quê?

— Você mesmo pergunta e não quer que eu responda. Não vou mentir, Tatisa.

A jovem espiou debaixo da cama. Puxou um pé de sapato. Agachou-se mais, roçando os cabelos verdes no chão. Levantou-se, olhou em redor. E ajoelhou-se devagarinho diante da preta. Apanhou o pote de cola.

— E se você desse um pulo lá só para ver?

— Mas você quer ou não que eu acabe isto? – a mulher gemeu exasperada, abrindo e fechando os dedos ressequidos de cola. – O Raimundo tem ódio de esperar, hoje ainda apanho!

A jovem levantou-se. Fungou, andando rápido num andar de bicho na jaula. Chutou o sapato que encontrou no caminho.

— Aquele médico miserável. Tudo culpa daquela bicha. Eu bem

disse que não podia ficar com ele aqui em casa, eu disse que não sei tratar de doente, não tenho jeito, não posso! Se você fosse boazinha, você me ajudava, mas você não passa de uma egoísta, uma chata que não quer saber de nada. Sua egoísta!

— Mas Tatisa, ele não é meu pai, não tenho nada com isso, até que ajudo muito sim senhora, como não? Todos esses meses quem é que tem aguentado o tranco? Não me queixo porque ele é muito bom, coitado. Mas tenha a santa paciência, hoje não! Já estou fazendo demais aqui plantada quando devia estar na rua.

Com um gesto fatigado, a jovem abriu a porta do armário. Olhou-se no espelho. Beliscou a cintura.

— Engordei, Lu.

— Você, gorda? Mas você é só osso, menina. Seu namorado não tem onde pegar. Ou tem?

Ela ensaiou com os quadris um movimento lascivo. Riu. Os olhos animaram-se:

— Lu, Lu, pelo amor de Deus, acabe logo que à meia-noite ele vem me buscar. Mandou fazer um pierrô verde.

— Também já me fantasiei de pierrô. Mas faz tempo.

— Vem num Tufão, viu que chique?

— Que é isso?

— É um carro muito bacana, vermelho. Mas não fique aí me olhando, depressa, Lu, você não vê que... — Passou ansiosamente a mão no pescoço. — Lu, Lu, por que ele não ficou no hospital?! Estava tão bem no hospital...

— Hospital de graça é assim mesmo, Tatisa. Eles não podem ficar a vida inteira com um doente que não resolve, tem doente esperando até na calçada.

— Há meses que venho pensando nesse baile. Ele viveu sessenta e seis anos. Não podia viver mais um dia?

A preta sacudiu o saiote e examinou-o a uma certa distância. Abriu-o de novo no colo e inclinou-se para o pires de lantejoulas.

– Falta só um pedaço.

– Um dia mais...

– Vem me ajudar, Tatisa, nós duas pregando vai num instante.

Agora ambas trabalhavam num ritmo acelerado, as mãos indo e vindo do pote de cola ao pires e do pires ao saiote, curvo como uma asa verde, pesada de lantejoulas.

– Hoje o Raimundo me mata – recomeçou a mulher, grudando as lantejoulas meio ao acaso. Passou o dorso da mão na testa molhada. Ficou com a mão parada no ar. – Você não ouviu?

A jovem demorou para responder.

– O quê?

– Parece que ouvi um gemido.

Ela baixou o olhar.

– Foi na rua.

Inclinaram as cabeças irmanadas sob a luz amarela do abajur.

– Escuta, Lu, se você pudesse ficar hoje, só hoje – começou ela num tom manso. Apressou-se: – Eu te daria meu vestido branco, aquele meu branco, sabe qual é? E também os sapatos, estão novos ainda, você sabe que eles estão novos. Você pode sair amanhã, você pode sair todos os dias, mas pelo amor de Deus, Lu, fica hoje!

A empregada empertigou-se, triunfante.

– Custou, Tatisa, custou. Desde o começo eu já estava esperando. Ah, mas hoje nem que me matasse eu ficava, hoje não. – O crisântemo caiu enquanto ela sacudia a cabeça. Prendeu-o com um grampo que abriu entre os dentes. – Perder esse desfile? Nunca! Já fiz muito – acrescentou sacudindo o saiote. – Pronto, pode vestir. Está um serviço porco mas ninguém vai reparar.

— Eu podia te dar o casaco azul – murmurou a jovem, limpando os dedos no lençol.

— Nem que fosse para ficar com meu pai eu ficava, ouviu isso, Tatisa? Nem com meu pai, hoje não.

Levantando-se de um salto, a moça foi até a garrafa e bebeu de olhos fechados mais alguns goles. Vestiu o saiote.

— Brrrr! Esse uísque é uma bomba – resmungou, aproximando-se do espelho. – Anda, venha aqui me abotoar, não precisa ficar aí com essa cara. Sua chata.

A mulher tateou os dedos por entre o tule.

— Não acho os colchetes.

A jovem ficou diante do espelho, as pernas abertas, a cabeça levantada. Olhou para a mulher através do espelho:

— Morrendo coisa nenhuma, Lu. Você estava sem os óculos quando entrou no quarto, não estava? Então não viu direito, ele estava dormindo.

— Pode ser que me enganasse mesmo.

— Claro que se enganou. Ele estava dormindo.

A mulher franziu a testa, enxugando na manga do quimono o suor do queixo. Repetiu como um eco:

— Estava dormindo, sim.

— Depressa, Lu, faz uma hora que está com esses colchetes!

— Pronto – disse a outra, baixinho, enquanto recuava até a porta. – Não precisa mais de mim, não é?

— Espera! – ordenou a moça perfumando-se rapidamente. Retocou os lábios, atirou o pincel ao lado do vidro destapado. – Já estou pronta, vamos descer juntas.

— Tenho que ir, Tatisa!

— Espera, já disse que estou pronta – repetiu, baixando a voz. – Só vou pegar a bolsa...

— Você vai deixar a luz acesa?

— Melhor, não? A casa fica mais alegre assim.

No topo da escada ficaram mais juntas. Olharam na mesma direção: a porta estava fechada. Imóveis como se tivessem sido petrificadas na fuga, as duas mulheres ficaram ouvindo o relógio da sala. Foi a preta quem primeiro se moveu. A voz era um sopro:

— Quer ir dar uma espiada, Tatisa?

— Vá você, Lu...

Trocaram um rápido olhar. Bagas de suor escorriam pelas têmporas verdes da jovem, um suor turvo como o sumo de uma casca de limão. O som prolongado de uma buzina se fragmentou lá fora. Subiu poderoso o som do relógio. Brandamente a empregada desprendeu-se da mão da jovem. Foi descendo a escada na ponta dos pés. Abriu a porta da rua.

— Lu! Lu! — a jovem chamou num sobressalto. Continha-se para não gritar. — Espera aí, já vou indo!

E apoiando-se ao corrimão, colada a ele, desceu precipitadamente. Quando bateu a porta atrás de si, rolaram pela escada algumas lantejoulas verdes na mesma direção, como se quisessem alcançá-la.

8 O *menino*

Sentou-se num tamborete, fincou os cotovelos nos joelhos, apoiou o queixo nas mãos e ficou olhando para a mãe. Agora ela escovava os cabelos muito louros e curtos, puxando-os para trás. E os anéis se estendiam molemente para em seguida voltarem à posição anterior, formando uma coroa de caracóis sobre a testa. Deixou a escova, apanhou um frasco de perfume, molhou as pontas dos dedos, passou-os nos lóbulos das orelhas, no vértice do decote e em seguida umedeceu um lencinho de rendas. Através do espelho, olhou para o menino. Ele sorriu também, era linda, linda, linda! Em todo o bairro não havia uma moça linda assim.

— Quantos anos você tem, mamãe?
— Ah, que pergunta! Acho que trinta ou trinta e um, por aí, meu amor, por aí. Quer se perfumar também?
— Homem não bota perfume.

— Homem, homem! — Ela inclinou-se para beijá-lo. — Você é um nenenzinho, ouviu bem? É o meu nenenzinho.

O menino afundou a cabeça no colo perfumado. Quando não havia ninguém olhando, achava maravilhoso ser afagado como uma criancinha. Mas era preciso mesmo que não houvesse ninguém por perto.

— Agora vamos que a sessão começa às oito — avisou ela, retocando apressadamente os lábios.

O menino deu um grito, montou no corrimão da escada e foi esperá-la embaixo. Da porta, ouviu-a dizer à empregada que avisasse ao doutor que tinham ido ao cinema.

Na rua, ele andava pisando forte, o queixo erguido, os olhos acesos. Tão bom sair de mãos dadas com a mãe. Melhor ainda quando o pai não ia junto porque assim ficava sendo o cavalheiro dela. Quando crescesse haveria de se casar com uma moça igual. Anita não servia que Anita era sardenta. Nem Maria Inês com aqueles dentes saltados. Tinha que ser igualzinha à mãe.

— Você acha a Maria Inês bonita, mamãe?

— É bonitinha, sim.

— Ah! tem dentão de elefante.

E o menino chutou um pedregulho. Não, tinha que ser assim como a mãe, igualzinha à mãe. E com aquele perfume.

— Como é o nome do seu perfume?

— *Vent Vert*. Por quê, filho? Você acha bom?

— Que é que quer dizer isso?

— Vento Verde.

Vento verde, vento verde. Era bonito, mas existia vento verde? Vento não tinha cor, só cheiro. Riu.

— Posso te contar uma anedota, mãe? Posso?

– Se for anedota limpa, pode.
– Não é limpa não.
– Então não quero saber.
– Mas por quê, pô!?
– Eu já disse que não quero que você diga *pô*.
Ele chutou uma caixa de fósforos. Pisou-a em seguida.
– Olha, mãe, a casa do Júlio...
Júlio conversava com alguns colegas no portão. O menino fez questão de cumprimentá-los em voz alta para que todos se voltassem e ficassem assim mudos, olhando. Vejam, esta é minha mãe! – teve vontade de gritar-lhes. Nenhum de vocês tem uma mãe linda assim! E lembrou deliciado que a mãe de Júlio era grandalhona e sem graça, sempre de chinelo e consertando meia. Júlio devia estar agora roxo de inveja.
– Ele é bom aluno? Esse Júlio.
– Que nem eu.
– Então não é.
O menino deu uma risadinha.
– Que fita a gente vai ver?
– Não sei, meu bem.
– Você não viu no jornal? Se for fita de amor, não quero! Você não viu no jornal, hein, mamãe?
Ela não respondeu. Andava agora tão rapidamente que às vezes o menino precisava andar aos pulos para acompanhá-la. Quando chegaram à porta do cinema, ele arfava. Mas tinha no rosto uma vermelhidão feliz.
A sala de espera estava vazia. Ela comprou os ingressos e em seguida, como se tivesse perdido toda a pressa, ficou tranquilamente encostada a uma coluna, lendo o programa. O menino deu-lhe um puxão na saia.

— Mãe, mas o que é que você está fazendo?! A sessão já começou, já entrou todo mundo, pô!

Ela inclinou-se para ele. Falou num tom muito suave, mas os lábios se apertavam comprimindo as palavras e os olhos tinham aquela expressão que o menino conhecia muito bem, nunca se exaltava, nunca elevava a voz. Mas ele sabia que quando ela falava assim, nem súplicas nem lágrimas conseguiam fazê-la voltar atrás.

— Sei que já começou mas não vamos entrar agora, ouviu? Não vamos entrar agora, espera.

O menino enfiou as mãos nos bolsos e enterrou o queixo no peito. Lançou à mãe um olhar sombrio. Por que é que não entravam logo? Tinham corrido feito dois loucos e agora aquela calma, *espera*. Esperar o que, pô?!...

— É que a gente já está atrasado, mãe.

— Vá ali no balcão comprar chocolate — ordenou ela entregando-lhe uma nota nervosamente amarfanhada.

Ele atravessou a sala num andar arrastado, chutando as pontas de cigarro pela frente. Ora, chocolate. Quem é que quer chocolate? E se o enredo fosse de crime, quem é que ia entender chegando assim começado? Sem nenhum entusiasmo, pediu um tablete de chocolate. Vacilou um instante e pediu em seguida um tubo de drágeas de limão e um pacote de caramelos de leite, pronto, também gastava à beça. Recebeu o troco de cara fechada. Ouviu então os passos apressados da mãe que lhe estendeu a mão com impaciência:

— Vamos, meu bem, vamos entrar.

Num salto, o menino pôs-se ao lado dela. Apertou-lhe a mão freneticamente.

— Depressa que a fita já começou, não está ouvindo a música?

Na escuridão, ficaram um instante parados, envolvidos por um grupo de pessoas, algumas entrando, outras saindo. Foi quando ela resolveu.

— Venha vindo atrás de mim.

Os olhos do menino devassavam a penumbra. Apontou para duas poltronas vazias.

— Lá, mãezinha, lá tem duas, vamos lá!

Ela olhava para um lado, para outro e não se decidia.

— Mãe, aqui tem mais duas, está vendo? Aqui não está bom? — insistiu ele, puxando-a pelo braço. E olhava aflito para a tela e olhava de novo para as poltronas vazias que apareciam aqui e ali como coágulos de sombra. — Lá tem mais duas, está vendo?

Ela adiantou-se até as primeiras filas e voltou em seguida até o meio do corredor. Vacilou ainda um momento. E decidiu-se. Impeliu-o suave, mas resolutamente.

— Entre aí.

— Licença? Licença?... — ele foi pedindo. Sentou-se na primeira poltrona desocupada que encontrou, ao lado de uma outra desocupada também. — Aqui, não é, mãe?

— Não, meu bem, ali adiante — murmurou ela, fazendo-o levantar-se. Indicou os três lugares vagos quase no fim da fileira. — Lá é melhor.

Ele resmungou, pediu "licença, licença?", e deixou-se cair pesadamente no primeiro dos três lugares. Ela sentou-se em seguida.

— Ih, é fita de amor, pô!

— Quieto, sim?

O menino pôs-se na beirada da poltrona. Esticou o pescoço, olhou para a direita, para a esquerda, remexeu-se:

— Essa bruta cabeçona aí na frente!

— Quieto, já disse.

Venha ver o pôr do sol e outros contos

— Mas é que não estou enxergando direito, mãe! Troca comigo que não estou enxergando!

Ela apertou-lhe o braço. Esse gesto ele conhecia bem e significava apenas: não insista!

— Mas, mãe...

Inclinando-se até ele, ela falou-lhe baixinho, naquele tom perigoso, meio entre os dentes e que era usado quando estava no auge, um tom tão macio que quem a ouvisse julgaria que ela lhe fazia um elogio. Mas só ele sabia o que havia debaixo daquela maciez.

— Não quero que mude de lugar, está me escutando? Não quero. E não insista mais.

Contendo-se para não dar um forte pontapé na poltrona da frente, ele enrolou o pulôver como uma bola e sentou-se em cima. Gemeu. Mas por que aquilo tudo? Por que a mãe lhe falava daquele jeito, por quê? Não fizera nada de mal, só queria mudar de lugar, só isso... Não, desta vez ela não estava sendo nem um pouquinho camarada. Voltou-se então para lembrar-lhe de que estava chegando muita gente, se não mudasse de lugar imediatamente, depois não poderia mais porque aquele era o último lugar vago que restava, "Olha aí, mamãe, acho que aquele homem vem pra cá!" Veio. Veio e sentou-se na poltrona vazia ao lado dela.

O menino gemeu, "Ai! meu Deus..." Pronto. Agora é que não haveria mesmo nenhuma esperança. E aqueles dois enjoados lá na fita numa conversa comprida que não acabava mais, ela vestida de enfermeira, ele de soldado, mas por que o tipo não ia pra guerra, pô!... E a cabeçona da mulher na sua frente indo e vindo para a esquerda, para a direita, os cabelos armados a flutuarem na tela como teias monstruosas e uma aranha. Um punhado de fios formava um frouxo topete que chegava até o queixo da artista. O menino deu uma gargalhada.

– Mãe, daqui eu vejo a mocinha de cavanhaque!

– Não faça assim, filho, a fita é triste... Olha, presta atenção, agora ele vai ter que fugir com outro nome... O padre vai arrumar o passaporte.

– Mas por que ele não vai pra guerra duma vez?

– Porque ele é contra a guerra, filho, ele não quer matar ninguém – sussurrou-lhe a mãe num tom meigo. Devia estar sorrindo e ele sorriu também, ah! que bom, a mãe não estava mais nervosa, não estava mais nervosa! As coisas começavam a melhorar e para maior alegria, a mulher da poltrona da frente levantou-se e saiu. Diante dos seus olhos apareceu o retângulo inteiro da tela.

– Agora sim! – disse baixinho, desembrulhando o tablete de chocolate. Meteu-o inteiro na boca e tirou os caramelos do bolso para oferecê-los à mãe. Então viu: a mão pequena e branca, muito branca, deslizou pelo braço da poltrona e pousou devagarinho nos joelhos do homem que acabara de chegar.

O menino continuou olhando, imóvel. Pasmado. Por que a mãe fazia aquilo? Por que a mãe fazia aquilo?!... Ficou olhando sem nenhum pensamento, sem nenhum gesto. Foi então que as mãos grandes e morenas do homem tomaram avidamente a mão pequena e branca. Apertaram-na com tanta força que pareciam querer esmagá-la.

O menino estremeceu. Sentiu o coração bater descompassado, bater como só batera naquele dia na fazenda quando teve de correr como louco, perseguido de perto por um touro. O susto ressecou-lhe a boca. O chocolate foi-se transformando numa massa viscosa e amarga. Engoliu-o com esforço, como se fosse uma bola de papel. Redondos e estáticos, os olhos cravaram-se na tela. Moviam-se as imagens sem sentido num sonho fragmentado. Os letreiros dançavam e se fundiam pesadamente, como chumbo derretido. Mas o menino continuava imóvel, olhando obstinadamente. Um bar esfumaçado, brigas, a fuga do moço de capa perseguido pela sereia da polícia, mais brigas numa esquina, tiros. A mão pequena e branca a deslizar no escuro como um bicho. Torturas e gritos nos corredores paralelos da prisão, os homens agarrando as portas de grade, mais conspirações. Mais homens. A mão pequena e branca. A fuga, os faróis na noite, os gritos, mais tiros, tiros. O carro derrapando sem freios. Tiros. Espantosamente nítido em meio do fervilhar de sons e falas – e ele não queria, não queria ouvir! – o ciciar delicado dos dois num diálogo entre os dentes.

Antes de terminar a sessão – mas isso não acaba mais, não acaba? –, ele sentiu, mais do que sentiu, adivinhou a mão pequena e branca desprender-se das mãos morenas. E do mesmo modo manso como avançara, recuar deslizando pela poltrona e voltar a se unir à mão que ficara descansando no regaço. Ali ficaram entrelaçadas e quietas como estiveram antes.

– Está gostando, meu bem? – perguntou ela, inclinando-se para o menino.

Ele fez que sim com a cabeça, os olhos duramente fixos na cena final. Abriu a boca quando o moço também abriu a sua para beijar a enfermeira. Apertou os olhos enquanto durou o beijo. Então o homem levantou-se embuçado na mesma escuridão em que chegara. O menino retesou-se, os maxilares contraídos, trêmulo. Fechou os punhos. "Eu pulo no pescoço dele, eu esgano ele!"

O olhar desvairado estava agora nas espáduas largas interceptando a tela como um muro negro. Por um brevíssimo instante ficaram paradas em sua frente. Próximas, tão próximas. Sentiu a perna musculosa do homem roçar no seu joelho, esgueirando-se rápida. Aquele contato foi como ponta de um alfinete num balão de ar. O menino foi-se descontraindo. Encolheu-se murcho no fundo da poltrona e pendeu a cabeça para o peito.

Quando as luzes se acenderam, teve um olhar para a poltrona vazia. Olhou para a mãe. Ela sorria com aquela mesma expressão que tivera diante do espelho, enquanto se perfumava. Estava corada, brilhante.

— Vamos, filhote?

Estremeceu quando a mão dela pousou no seu ombro. Sentiu-lhe o perfume. E voltou depressa a cabeça para o outro lado, a cara pálida, a boca apertada como se fosse cuspir. Engoliu penosamente. De assalto, a mão dela agarrou a sua. Sentiu-a quente, macia. Endureceu as pontas dos dedos, retesado, queria cravar as unhas naquela carne.

— Ah, não quer mais andar de mãos dadas comigo?

Ele inclinara-se, demorando mais do que o necessário para dobrar a barra da calça rancheira.

— É que não sou mais criança.

— Ah, o nenenzinho cresceu? Cresceu? — Ela riu baixinho. Beijou-lhe o rosto. — Não anda mais de mão dada?

O menino esfregou as pontas dos dedos na umidade dos beijos no queixo, na orelha. Limpou as marcas com a mesma expressão com que limpava as mãos nos fundilhos da calça quando cortava as minhocas para o anzol.

Na caminhada de volta, ela falou sem parar, comentando excitada o enredo do filme. Explicando. Ele respondia por monossílabos.

— Mas que é que você tem, filho? Ficou mudo...

— Está me doendo o dente.

— Outra vez? Quer dizer que fugiu do dentista? Você tinha hora ontem, não tinha?

— Ele botou uma massa. Está doendo — murmurou inclinando-se para apanhar uma folha seca. Triturou-a no fundo do bolso. E respirou abrindo a boca. — Como dói, pô.

— Assim que chegarmos você toma uma aspirina. Mas não diga, por favor, essa palavrinha que detesto.

— Não digo mais.

Diante da casa de Júlio, instintivamente ele retardou o passo. Teve um olhar para a janela acesa. Vislumbrou uma sombra disforme passar através da cortina.

— Dona Margarida.

— Hum?

— A mãe do Júlio.

Quando entraram na sala, o pai estava sentado na cadeira de balanço, lendo o jornal. Como todas as noites, como todas as noites. O menino estacou na porta. A certeza de que alguma coisa terrível ia acontecer paralisou-o atônito, obumbrado. O olhar em pânico procurou as mãos do pai.

— Então, meu amor, lendo o seu jornalzinho? — perguntou ela, beijando o homem na face. — Mas a luz não está muito fraca?

— A lâmpada maior queimou, liguei essa por enquanto — disse ele, tomando a mão da mulher. Beijou-a demoradamente. — Tudo bem?

— Tudo bem.

O menino mordeu o lábio até sentir gosto de sangue na boca. Como nas outras noites, igual. Igual.

— Então, filho? Gostou da fita? — perguntou o pai dobrando o jornal. Estendeu a mão ao menino e com a outra começou a acariciar o braço nu da mulher. — Pela sua cara, desconfio que não.

— Gostei, sim.
— Ah, confessa, filhote, você detestou, não foi? — contestou ela. — Nem eu entendi direito, uma complicação dos diabos, espionagem, guerra, máfia... Você não podia ter entendido.
— Entendi. Entendi tudo — ele quis gritar e a voz saiu num sopro tão débil que só ele ouviu.
— E ainda com dor de dente! — acrescentou ela desprendendo-se do homem e subindo a escada. — Ah, já ia esquecendo a aspirina!
O menino voltou para a escada os olhos cheios de lágrimas.
— Que é isso? — estranhou o pai. — Parece até que você viu assombração. Que foi?
O menino encarou-o demoradamente. Aquele era o pai. O pai. Os cabelos grisalhos. Os óculos pesados. O rosto feio e bom.
— Pai... — murmurou, aproximando-se. E repetiu num fio de voz: — Pai...
— Mas meu filho, que aconteceu? Vamos, diga!
— Nada. Nada.
Fechou os olhos para prender as lágrimas. Envolveu o pai num apertado abraço.

Todos os contos desta obra foram cotejados com os livros *Meus contos preferidos* (Rocco, 2004) e *Meus contos esquecidos* (Rocco, 2005).

Lygia Fagundes Telles

com todas as letras

Nas páginas seguintes, conheça a vida e a obra
de Lygia Fagundes Telles, uma das maiores
escritoras brasileiras de todos os tempos.

Biografia

"Não há respostas para a complexidade da vida."

Lygia Fagundes Telles nasceu em São Paulo, mas passou a infância em várias cidades do interior do Estado, onde seu pai, Durval de Azevedo Fagundes, atuava como promotor público. A mãe, dona Zazita, era pianista. A atmosfera de algumas dessas pequenas cidades ecoa muitas vezes em sua obra, sobretudo na construção de personagens meninas, de pés descalços e olhos curiosos. Voltando a residir em São Paulo, a escritora cursou o Ensino Médio na Escola Estadual Caetano de Campos e em seguida ingressou na Escola Superior de Educação Física. Já graduada, estudou Direito na Universidade de São Paulo, onde se formou em 1946.

Casou-se com o jurista Goffredo da Silva Telles Júnior, seu ex-professor, com quem teve um único filho, o cineasta Goffredo Neto. Dele tem duas netas, Lúcia e Margarida. Separada do marido, passou a trabalhar como procuradora do Estado. Anos depois, casou-se com Paulo Emílio Salles Gomes, ensaísta e crítico, com quem dividiu a paixão pelo cinema. Foi também uma das maiores incentivadoras da Cinemateca Brasileira, fundada e dirigida pelo marido.

Lygia Fagundes Telles começou a escrever cedo, quando era uma adolescente "de boina". Mesmo estimulada por amigos pessoais e grandes nomes da literatura brasileira – como Carlos Drummond de Andrade, Manuel Bandeira e Érico Verissimo –, a escritora considerou difícil o início de sua carreira. Começou a escrever contos em 1944, mas considera o romance *Ciranda de pedra*, de 1954, o marco inicial de sua literatura.

A obra de Lygia registra uma grande preocupação com os problemas existenciais do ser humano, mas não deixa de lado preocupações ideológicas com o autoritarismo e a falta de liberdade, como revela o romance *Verão no aquário* (1963). No famoso romance *As meninas* (1973), a autora expõe seu repúdio à ditadura militar no Brasil. Em 1976, acompanhando outros intelectuais, fez questão de integrar o grupo que foi a Brasília entregar um manifesto contra a censura, que ficou conhecido como *Manifesto dos Mil*.

Terceira escritora mulher a ser membro da Academia Brasileira de Letras, Lygia Fagundes Telles já foi traduzida para mais de quinze países – França, Estados Unidos, Itália, Alemanha, Holanda, Suécia, República Tcheca, China e Espanha, entre outros. Desde o início de sua carreira, tem recebido ainda diversos prêmios, dentre os quais muitos Jabutis, o prêmio Guimarães Rosa e os da Associação Paulista de Críticos de Arte (APCA) e do Instituto Nacional do Livro (INL).

Várias de suas obras foram adaptadas para TV, teatro ou cinema. Em 2005, Lygia recebeu também o importante prêmio Camões pelo conjunto de sua obra em língua portuguesa. Mas seu maior prêmio, sem dúvida, será sempre a fidelidade entusiasta dos seus leitores.

Entrevista

"Com a literatura, desejei não o mercado de produtos, mas o das almas humanas."

Nesta antologia, reunimos alguns de seus mais destacados contos. Depois de lê-los, a gente fica pensando: como surge a ideia de um novo conto para você?

Alguns de meus contos nasceram de uma simples imagem – uma casa, um objeto, uma nuvem. A inspiração (palavra fora de moda, mas insubstituível) teria se originado de observações do cotidiano, como o breve reflexo de uma paisagem no vidro da janela de um trem em movimento: escrevi um conto a partir desse reflexo. Outros contos nasceram de uma frase que eu disse ou ouvi. Retive essa frase. Um dia, sem razão aparente (sei lá como ou quando), a memória devolve a frase intacta e ela se multiplica como no milagre dos pães. Há ainda as ficções que nasceram de um sonho – fluxo de símbolos. Signos. Metáforas nos abismos de um inconsciente que escancara as portas.

Como você descobriu a inclinação para as narrativas fantásticas e para o clima de terror, que podemos observar em alguns contos desta antologia?

Eu li muito os nossos românticos – Fagundes Varela, Álvares de Azevedo. Aquela fixação por cemitérios, taças feitas de crânio, tavernas, embriaguez, a vontade de sair do cotidiano… Na minha infância havia noites de histórias de assombração contadas pela Maricota. Nunca pude esquecer essa pajem, cuja imaginação abriu aos meus olhos todo o reino fantasmagórico que me atraía e aterrorizava com a mesma violência.

Quais são os autores que influenciaram sua obra?

Gosto muito de Lovecraft, o pai de toda essa literatura do sobrenatural. E, claro, do Edgar Allan Poe. Mas sempre procurei me libertar das influências. Sempre tentei encontrar minha fisionomia, meu perfil, e não me interessa que existam outros melhores ou mais perfeitos; esta é a minha forma de liberdade.

Como você trabalha seus textos, suas frases?

Olhando o dicionário. Eu tenho paixão por dicionário. Às vezes tenho dúvida em relação a uma palavra e vou buscar. De repente eu encontro uma terceira ou uma quarta expressão que me agrada mais. Então eu corto a anterior e a ponho de lado.

Afinal, escrever traz sofrimento ou prazer?

Escrever é como uma ostra, aquele *escargot* refinadíssimo, o qual vamos abrindo sem saber muito bem o que virá. Mas, sim, o ato é carregado de dor e celebração. Prazer? Às vezes. Tenho um sentimento de autocrítica muito forte em relação ao meu trabalho (não gosto da expressão "obra"); me torno inimiga de mim mesma quando estou escrevendo. Mas, apesar de tudo, existe o grão da loucura e da felicidade.

Você gosta de participar de encontros literários, principalmente para jovens?

Gosto muito do contato com os jovens. Enquanto eu puder, vou continuar passando alguma coisa para eles, repetindo sempre: o dia em que o Brasil tiver mais escolas terá menos hospitais e menos cadeias. [...] Eu não posso fazer nada. Sou somente uma escritora. Não tenho poder econômico nem político. Meu poder é a palavra.

Esta entrevista foi organizada e adaptada a partir da obra de Nelly Novaes Coelho, *Dicionário crítico de escritoras brasileiras* (São Paulo, Escrituras, p.386), bem como de depoimentos de Lygia Fagundes Telles concedidos à escritora Edla van Steen e de consulta a entrevistas divulgadas nos seguintes *sites*:
http://www.revista.agulha.nom.br
http://www.verbo21.com.br
http://www.leiabrasil.org.br

Por dentro do estilo

"A criação literária é um mistério."

Ler os contos de Lygia Fagundes Telles é se enfeitiçar pela frase exata, pela economia das palavras, pelos finais surpreendentes. É também se deixar seduzir pela narrativa de forte tensão psicológica, à qual se acrescenta um humor sutil nos momentos mais inesperados. É imaginar cenários tão bem construídos que se tornam iluminados por cores variadas; neles, os personagens se deslocam com a naturalidade que só uma grande autora é capaz de proporcionar.

Dona de um estilo muito particular – que aprecia o lado oculto, trágico e obscuro da alma humana –, Lygia às vezes insere seus narradores e personagens em situações recheadas de mistério e de elementos do sobrenatural. Alguns críticos chamam essa literatura de "fantástica", pois seus criadores abrem mão dos fatos naturais e se aventuram por situações inverossímeis, imaginárias – distantes da lógica da realidade.

Mesmo quando se fixa no fantástico, porém, a escritora consegue manipular um clima de ambiguidade que, de certa forma, nos obriga a refletir sobre o mundo real. Por exemplo: no conto "O noivo", podemos entender a história como fantástica; porém, ao mesmo tempo, ela também pode ser lida como uma viagem intimista que a realidade (ou o medo?) do casamento sugere. Em "As formigas", apesar do clima sobrenatural, não deixamos de questionar o significado dos discretos sonhos que permeiam as aterrorizantes descobertas.

Em muitos outros textos desta antologia, o leitor, intrigado, pode aceitar ou recusar as pistas que Lygia Fagundes Telles vai revelando aos poucos. Em "O menino", o olhar do filho para a mãe guia toda a narrativa. Em "Biruta", cão e menino dividem, desde o primeiro parágrafo, a solidão da orfandade, mostrada numa voz que opta pelos diminutivos: "bracinhos finos" de um; cão "pequenino e branco" de outro. Em "Natal na barca", fica a interrogação: o que houve de fato com o bebê? O "milagre" poderia indicar seu renascimento ou o da narradora-personagem, aprisionada na sua falta de fé?

Até mesmo quando os desfechos dos contos são mais explícitos, Lygia deixa no leitor o desejo da releitura para a observação mais atenta de todos os detalhes. É assim, por exemplo, com os gestos de Ricardo ("Venha ver o pôr do sol"), o ex-namorado cuja aparente simplicidade de atitudes cairá destroçada pela crueldade da vingança: "Ele a esperava encostado a uma árvore. Esguio e magro, metido num largo blusão azul-marinho, cabelos crescidos e desalinhados, tinha um jeito jovial de estudante".

Outra qualidade desta surpreendente escritora está na ausência de julgamentos em relação aos personagens, que revelam comportamentos muitas vezes extremos: tio Ed, o pretenso suicida ("O jardim selvagem"); Tatisa, a filha em dúvida ("Antes do baile verde"); e até mesmo Ricardo, o jovem preterido ("Venha ver o pôr do sol"), não são julgados pelo narrador, que assim não influencia o leitor.

Na obra de Lygia Fagundes Telles, os sentimentos humanos são sempre desenhados com intensidade. Mórbidos ou dramáticos, se não oferecem um fio de esperança, ao menos obrigam o leitor a pensar em sua própria condição. E é para isso mesmo que serve a boa literatura: para pôr o leitor de sobreaviso, para mostrar a ele que a ficção, se não repete a realidade, nos obriga a sempre interpretá-la. Afinal, como diz a escritora, não há respostas para a complexidade da vida.

Bibliografia

A relação abaixo mostra as obras da escritora em catálogo. Os números entre parênteses, na sequência dos títulos, referem-se ao ano da primeira publicação e, em seguida, da última edição.

Romances
Ciranda de pedra (1954; 31. ed., Rocco, 1999)
Verão no aquário (1963; 11. ed., Rocco, 1998)
As meninas (1973; 32. ed., Rocco, 1998)
As horas nuas (1989; 4. ed., Rocco, 1998)

Contos
Antes do baile verde (1970; 16. ed., Rocco, 1998)
Seminário dos ratos (1977; 8. ed., Rocco, 1998)
Mistérios (1981; 32. ed., Rocco, 1998)
A estrutura da bolha de sabão (1991; 4. ed., Rocco, 1998)
Os melhores contos de Lygia Fagundes Telles (1982, Global)
Venha ver o pôr do sol e outros contos (1988; 20. ed., Ática, 2007)
A noite escura e mais eu (1995; 4. ed., Rocco, 1998)
Oito contos de amor (1996; 5. ed., Ática, 2007)
Pomba enamorada e outros contos escolhidos (1999, L&PM)
Meus contos preferidos (2004; 3. ed., Rocco, 2004)
Histórias de mistério (2004, Rocco)
Meus contos esquecidos (2005, Rocco)

Ficção e memória
A disciplina do amor (1980; 9. ed., Rocco, 1998)
Invenção e memória (2000; 2. ed., Rocco, 2001)
Durante aquele estranho chá: perdidos e achados (2002, Rocco)

Relacione os resumos abaixo com os títulos dos contos.

a. Um garoto vai ao cinema com sua mãe e acaba descobrindo um segredo terrível.

b. Um menino órfão se vê cruelmente afastado de seu cachorro, único afeto e consolo na vida.

c. Estranhas coincidências levam uma garota a suspeitar que seu tio tenha sido assassinado pela esposa.

(   ) "Biruta"
(   ) "O jardim selvagem"
(   ) "O menino"

2. Em "O noivo", o desmemoriado personagem principal, temendo parecer louco, começa a agir como um detetive, a fim de descobrir quem seria sua noiva. Assinale como verdadeiras (V) ou falsas (F) as afirmações abaixo.

(   ) Procurou um retrato.
(   ) Achou um envelope de correspondência.
(   ) Examinou os telegramas recebidos.
(   ) Procurou as alianças com os nomes gravados.
(   ) Verificou sua agenda telefônica.
(   ) Quis ver os cartões dos presentes.

(   ) Um sótão numa pensão.
(   ) Uma embarcação tosca e desconfortável.
(   ) Uma ceia de Natal numa mansão.
(   ) Um velório cheio de pessoas estranhas.
(   ) Um quarto revolvido como se um ladrão tivesse passado por lá.

B Nem tudo é o que parece

5. No conto "Antes do baile verde", observamos uma grande tensão entre as duas personagens principais. Quando a empregada tenta fazer a patroa aceitar que o pai desta está morrendo, Tatisa responde: "Morrendo coisa nenhuma, Lu. Você estava sem os óculos quando entrou no quarto, não estava? Então não viu direito, ele estava dormindo". Assinale as alternativas que se aplicam às intenções de Tatisa ao responder dessa maneira.

(   ) Recusa-se a aceitar a realidade.
(   ) Recusa-se a aceitar a falta de atenção da empregada.
(   ) Tenta se autoenganar para não sentir culpa.
(   ) Acha que a empregada pode estar mentindo.

e. Elemento final que simboliza a vingança cuidadosamente planejada.

(   ) Envolta por uma trepadeira selvagem, paredes enegrecidas, um altar desmantelado.
(   ) Velho e carcomido pela ferrugem.
(   ) A fechadura nova na porta da escada em caracol que leva à catacumba.
(   ) Cemitério abandonado.
(   ) Rugas ao redor dos olhos.

C Um mundo de mistério e assombro

8. No conto "As formigas", fatos misteriosos são relatados aos poucos, criando um clima crescente de medo. Relacione as passagens com seus significados.

a. A estudante fica feliz ao ver a caixa de ossos.
b. A estudante demonstra um estado de alteração e terror ao perceber que as formigas estavam montando o esqueleto.

(   ) "De um anão? (...) Mas que maravilha, é raro à beça esqueleto de anão."
(   ) "Vamos embora, já arrumei as malas."

D O escritor é você

Você reparou como certos contos de Lygia Fagundes Telles apresentam um desfecho inesperado, de grande impacto? À primeira vista, o final surpreende, mas, depois de uma releitura atenta, percebemos que ele foi cuidadosamente construído. Com base nessa técnica, escreva um conto de final marcante: crie um cenário para o desenrolar da história, apresente os personagens e invente um final inesperado para sua história. Valorize, na narrativa, certos detalhes do cenário, pequenos gestos dos personagens, frases de duplo sentido e outros elementos que ajudem a criar uma atmosfera de expectativa dentro do texto, contribuindo para o efeito final desejado.

6. O protagonista do conto "O menino" vive uma sucessão de pequenos fatos que acarretam grandes transformações em sua vida. Acompanhando seu percurso emocional, nós o vemos passar do orgulho e da alegria mais genuína à desilusão e ao sofrimento. Numere os fatos de acordo com sua sequência no texto.

( ) O aborrecimento por não entrar logo no cinema.
( ) A descoberta da infidelidade da mãe.
( ) O deslumbramento com a mãe.
( ) A irritação com a mãe, que demora a escolher um lugar onde sentar.
( ) A destruição da imagem da mãe e a solidariedade com o pai.
( ) "E tão limpo, olha aí – admirou-se ela. (...) Tão perfeito, todos os dentinhos!"
( ) "Vamos, vista isso, temos que sair antes que o anão fique pronto."

7. Numa leitura atenta do conto "Venha ver o pôr do sol", é possível perceber que o narrador deixa dicas ao longo da narrativa que ajudam a construir um clima de tensão e suspense, anunciando um final trágico. Levando em conta esse fato, relacione os elementos abaixo.

a. Local do encontro.
b. Portão de entrada.
c. Expressão de Ricardo ao ouvir Raquel falar de seu

9. Alguns contos desta antologia apresentam finais ambíguos, abertos à nossa interpretação. Na sua opinião, qual seria a ambiguidade presente nos contos abaixo?

"O noivo"
....
....
....

"Natal na barca"
....
....
....

Suplemento de leitura

editora ática

Venha ver o pôr do sol e outros contos, de **lygia fagundes telles**

Nome..................... Ensino....................
Ano........................
Estabelecimento..................

Um homem perde a memória no dia de seu próprio casamento. Uma jovem é atraída para um encontro num cemitério abandonado. Formigas aparecem ao lado de um esqueleto de anão. Situações como essas são o ponto de partida para uma fantástica viagem ao misterioso, ao surpreendente, ao sobrenatural. Uma investigação sobre a alma humana, conduzida pelas mãos de mestre de Lygia Fagundes Telles.

A Por dentro dos fatos

3. O título do conto "O jardim selvagem" faz referência à natureza extravagante e à conduta não convencional da personagem Daniela, segundo a ótica dos outros personagens. Assinale com um X as características de Daniela que possam justificar essa comparação.

( ) Tomava banho nua na cascata.
( ) Tinha 40 anos, mas parecia mais jovem.
( ) Montava a cavalo em pelo.
( ) Nunca deixava de usar luva na mão direita.
( ) Vestia-se nos melhores costureiros e tocava piano.
( ) Deu um tiro no cachorro doente, alegando que queria abreviar seu sofrimento.

4. Um dos aspectos mais instigantes dos contos de Lygia Fagundes Telles é a grande habilidade que a autora tem em construir cenários fortes e sugestivos

ROTEIRO DE CINEMA

Capitu, em parceria com Paulo Emílio Salles Gomes, inspirado no romance *Dom Casmurro*, de Machado de Assis (1999, Siciliano; 3. ed., Cosac Naify, 2007).

PARTICIPAÇÃO EM COLETÂNEAS

Conto "Gaby", em *Os sete pecados capitais* (Civilização Brasileira, 1964).

Contos "Verde lagarto amarelo", "Apenas um saxofone" e "Helga" em *Os 18 melhores contos do Brasil* (Bloch Editores, 1968).

Conto "Missa do galo" em *Missa do galo: variações sobre o mesmo tema* (Summus, 1977).

Conto "O muro" em *Lições de casa – exercícios de imaginação* (Cultura, 1978).

Conto "As formigas" em *O conto da mulher brasileira* (Vertente, 1978).

Conto "Pomba enamorada" em *O papel do amor* (Cultura, 1979).

Conto "Negra jogada amarela" em *Criança brinca, não brinca?* (Cultura, 1979).

Conto "As cerejas" em *As cerejas* (Atual, 1993).

Conto "A caçada" em *Contos brasileiros contemporâneos* (Moderna, 1994).

Contos "A estrutura da bolha de sabão" e "As cerejas" em *O conto brasileiro contemporâneo* (Cultrix, s.d.).

Contos "A estrutura da bolha de sabão" e "Antes do baile verde", em *Contos de escritoras brasileiras* (Martins Fontes, 2003).

Da autora, leia também

Oito contos de amor

A lembrança do primeiro amor atravessa o tempo encerrada no broche de cerejas. O marido oscila entre a vitalidade da jovem esposa e as lembranças do passado. A menina colhe raras folhas no bosque para agradar seu primo botânico. Ingênuo, complexo, fulgurante... Lygia Fagundes Telles mostra nestas oito histórias que o amor vem em todas as formas e está em toda a parte, mas é sempre um mistério para os que amam.